des princesses

Tour de magie

L'École des princesses

Tour de magie

Jane B. Mason ❧ Sarah Hines Stephens

Texte français d'Isabelle Allard

Éditions
SCHOLASTIC

Catalogage avant publication de Bibliothèque
et Archives Canada

Mason, Jane B.
Tour de magie / Jane B. Mason et Sarah Hines
Stephens; texte français d'Isabelle Allard.

(L'École des princesses; 3)
Traduction de : Let Down Your Hair.
Pour les jeunes de 8 à 11 ans.
ISBN 0-439-95856-3

I. Hines-Stephens, Sarah II. Allard, Isabelle
III. Titre. IV. Collection: Mason, Jane B.
École des princesse; 3.

PZ23.M378To 2005   j813'.54
C2005-900370-7

Édition publiée par les Éditions Scholastic,
175 Hillmount Road, Markham (Ontario) L6C 1Z7.

5 4 3 2 1   Imprimé au Canada   05 06 07 08

Pour Brian et Nathan, nos princes charmants.

— J.B.M. et S.H.S.

Chapitre Un

Il s'en est fallu d'un cheveu!

Raiponce Roquette se hisse par-dessus le rebord de la fenêtre. Elle est si souvent descendue le long du mur de pierre grise de la tour qu'elle regarde à peine où elle met les pieds. Aujourd'hui, toutefois, elle se déplace plus lentement que d'habitude. Elle s'est réveillée avec un torticolis ce matin.

C'est peut-être à cause du poids de Mme Gothel, qui descend chaque jour de la tour en s'agrippant à sa tresse.

« Ou peut-être que l'École des princesses me ramollit! » se dit Raiponce en cherchant la prochaine prise de pied à l'aveuglette.

En dépit de sa douleur au cou, la jeune fille sourit. Lorsqu'elle a commencé l'école, elle était convaincue que les autres élèves seraient des princesses niaises et frivoles. Mais ce n'est pas le cas. Beaucoup de filles sont intéressantes et amusantes. En particulier ses amies, Blanche Neige, Cendrillon Lebrun et Rose Églantine. Elles sont drôles et intelligentes, et Raiponce sait qu'elle peut compter sur elles.

Cendrillon, Rose et Blanche ne sont pas les seules amies de Raiponce. Il y a aussi le prince Stéphane, qu'elle connaît depuis des années. Cependant, ce qu'elle retire de son amitié avec les trois jeunes filles est différent. Ces dernières la comprennent. Elles lui donnent l'impression de faire partie d'un groupe.

Raiponce s'accroche à une arête rocheuse rougeâtre à un mètre au-dessus du sol. Puis, d'un coup de pied, elle s'écarte du mur et se laisse tomber par terre. Une autre descente réussie!

Elle se frotte les mains et lève les yeux vers sa petite tour circulaire. Elle la connaît bien. Elle y vit d'aussi loin qu'elle se souvienne. Depuis que Mme Gothel l'a enlevée à ses parents, alors qu'elle n'était qu'un bébé.

Raiponce n'a aucun souvenir de ses parents. Elle ne sait pas du tout à quoi ils ressemblent ni où ils sont. Mme Gothel ne lui en a jamais parlé, et Raiponce ne l'a jamais questionnée. Elle ne veut pas que la vieille sorcière sache qu'elle s'en préoccupe. Elle a longtemps rêvé à eux, imaginant ce que serait sa vie si c'étaient eux qui l'élevaient et non Mme Gothel... À vrai dire, sa geôlière la rabaisse plus qu'elle ne « l'élève »!

Au cours des derniers mois, cependant, Raiponce n'a pas beaucoup pensé à ses parents. Elle était trop occupée par l'école, ses amies, le code qu'elle a inventé pour communiquer avec Stéphane quand il est à l'École de charme.

Raiponce s'appuie contre le tronc noueux d'un immense chêne. Elle se frotte le cou en cherchant

Stéphane des yeux. Mais où est-il donc? Raiponce tape impatiemment du pied. Il est en retard, comme d'habitude.

Soudain, un nuage noir cache le soleil et projette une ombre sur la tour. Raiponce ramène sa cape sur ses épaules en frissonnant. Qu'est-ce qui se passe? Elle s'immobilise pour écouter. Tout est silencieux. Même les oiseaux se sont tus.

Le cœur de la jeune fille bat la chamade. Une seule chose peut interrompre le chant des oiseaux.

Raiponce s'élance vers la tour. Ignorant son cou douloureux, elle se met à grimper. Ses mains et ses pieds trouvent sans peine les prises familières. Un instant plus tard, elle enjambe le rebord de la fenêtre et se jette sur son lit bosselé. Elle a à peine le temps de souffler que Mme Gothel apparaît dans la pièce dans une bouffée de fumée verdâtre.

— Patte de lézard! s'exclame la sorcière. Comment puis-je récolter des racines pour mes potions si je n'ai pas mon panier?

Elle fixe son regard gris acier sur Raiponce et l'observe attentivement. La jeune fille fait mine de s'étirer tout en dissimulant ses pieds sous ses jupes. Elle ne veut pas que la sorcière remarque ses chaussures boueuses. Elle pousse un bâillement qu'elle espère convaincant.

— Bon, où est ce panier? dit Mme Gothel en tournant les yeux vers une petite table où se trouve justement le panier, couché sur le côté.

Raiponce s'est déjà levée pour aller chercher le panier d'osier.

— Il est ici! dit-elle en le tendant à la sorcière, tout en s'efforçant de maîtriser sa respiration.

« Je n'arrive pas à croire que je n'ai pas remarqué ce panier, se dit-elle. Et si elle était arrivée plus tôt? »

Les visites de Mme Gothel sont presque toujours prévisibles. Elle vient à la tour deux fois par jour : le matin pour apporter le déjeuner de Raiponce, et en fin de journée pour lui apporter son repas du soir. Toujours, elle arrive dans un nuage verdâtre et repart en s'aidant de la tresse de Raiponce comme d'une corde. Et si la sorcière laisse quelque chose derrière elle, Raiponce s'en aperçoit immanquablement. Du moins jusqu'à aujourd'hui.

— Je le vois, dit Mme Gothel d'un ton sec en lui arrachant le panier. Je ne suis pas aveugle.

Raiponce frissonne. Voilà ce qu'elle craint le plus. Si Mme Gothel était arrivée un instant plus tôt, il ne fait aucun doute qu'elle l'aurait surprise. Sa geôlière ne sait pas qu'elle fréquente l'École des princesses. Et si elle l'apprend, elle empêchera sûrement Raiponce d'y aller.

D'ailleurs, la sorcière a l'air de soupçonner quelque chose. Son regard est fixé sur le bas de la robe de Raiponce. La jeune fille est convaincue qu'elle essaie de jeter un coup d'œil à ses chaussures. Et elle ne semble pas pressée de partir, ce qui ne lui ressemble guère. D'ordinaire, elle ne s'attarde pas dans la tour.

Raiponce défait sa tresse et se dirige vers la fenêtre.

Elle ne se souvient pas d'avoir jamais été aussi nerveuse. Et pas seulement pour elle-même.

— Je peux vous aider à descendre dès que vous serez prête, dit-elle d'une voix forte.

Elle jette un coup d'œil furtif au chêne et au sentier.

« Pourvu que Stéphane soit caché derrière cet arbre, pense-t-elle. Ou qu'il soit encore plus en retard que d'habitude! »

Chapitre Deux

Missives royales

Raiponce franchit d'un bond un arbre mort, rejetant sa longue tresse par-dessus son épaule pour la troisième fois. Sa coiffure ne cesse de se défaire, et cela la rend folle. Mais elle n'a pas le temps de refaire son chignon.

Mme Gothel s'est attardée dans sa chambre pendant une éternité, décrivant en détail le sirop à gloussements et les potions pour faire pousser des verrues qu'elle est en train de concocter. Elle est restée si longtemps que Raiponce et Stéphane seront chanceux d'arriver à l'école à l'heure.

— Je crois qu'elle se doute de quelque chose, crie Raiponce à Stéphane en écartant une branche.

— Ne t'inquiète pas, dit le jeune garçon, hors d'haleine, en la suivant sur le sentier. Tu t'es évadée de ta tour pendant des années, et elle ne s'en est jamais aperçue. Tu te fais probablement des idées.

— Je le sais bien, grogne Raiponce. Mais si elle découvre que je fréquente l'École des princesses…

La jeune fille avale sa salive avec effort. Aller à l'école est la meilleure chose qui lui soit arrivée dans sa vie. Elle ne peut pas y renoncer maintenant!

— Peut-être que tu devrais être plus prudente, lui conseille Stéphane avec une expression sérieuse dans ses yeux verts.

Ils arrivent enfin à l'École des princesses. Les tours scintillantes de l'immense château s'élèvent devant eux. C'est une vision magnifique dont Raiponce s'ennuierait énormément si sa geôlière découvrait ses escapades.

— On se voit après l'école! lance-t-elle.

Raiponce soulève ses jupes et traverse le pont-levis en courant, effrayant les cygnes qui flottent sur l'eau des douves. Elle gravit les marches deux à la fois, et les portes s'ouvrent devant elle avec un bruit feutré. Raiponce adore cela. Elle a chaque fois l'impression d'être une reine.

Des groupes de princesses bavardent dans les couloirs. Plusieurs Couronnes de quatrième année rient en se racontant des blagues. Quelques Crinolines de troisième année échangent des potins au sujet d'un garçon qui fréquente l'École de charme. Des Jarretières de deuxième année s'émerveillent devant la nouvelle robe d'une de leurs camarades. Raiponce pousse un soupir de soulagement en apercevant un groupe de Chemises de première année. De toute évidence, les trompettes n'ont pas encore sonné. Raiponce ralentit le pas et tente rapidement de refaire son chignon. Ce n'est pas facile avec sa chevelure abondante, mais elle a fait des progrès, grâce au cours Glace et reflets. Rose lui a aussi beaucoup appris, elle qui sait vraiment comment s'y prendre avec les cheveux, même avec une tignasse récalcitrante comme celle de Raiponce.

— Raiponce! crie une voix au bout du couloir.

C'est Cendrillon. Blanche et Rose sont avec elle.

— Nous commencions à nous inquiéter! Tu sais comme Mme Garabaldi est sévère, maintenant que les examens approchent!

Raiponce lève les yeux au ciel.

— Mme Garabaldi n'est rien à comparer de ce qui s'est produit ce matin! dit-elle. Mme Gothel est arrivée juste comme je partais. J'ai à peine eu le temps de remonter à la tour avant qu'elle apparaisse!

— Je n'arrive pas à croire qu'elle fait taire les oiseaux, dit Blanche en frissonnant. Pauvres petits!

— Les oiseaux vont très bien, dit Raiponce en balayant son inquiétude du revers de la main. Mais je crains que Mme Gothel ne se doute de mes escapades. Elle n'avait pas l'habitude de me rendre visite à des moments inhabituels. Si elle découvrait tout, je... je...

Raiponce s'interrompt, la gorge serrée.

— Elle ne saura rien, dit Rose d'une voix ferme en la fixant de ses yeux bleus.

Elle sourit d'un air rassurant et replace une mèche derrière l'oreille de son amie. Cendrillon prend le bras de Raiponce.

— Allons en classe, dit-elle. N'oubliez pas que, ce matin, nous avons notre premier cours de Correspondance amicale! Nous allons chacune avoir un correspondant de l'École de charme. J'ai tellement hâte!

Rose et Blanche gloussent et Raiponce lève de nouveau les yeux au ciel. Au fond, elle doit admettre qu'elle a hâte, elle aussi. Ce cours a l'air bien plus intéressant que les trucs de filles qu'on leur enseigne dans le cours Glace et reflets, et beaucoup plus facile que les travaux du cours de couture. Ce sera bien agréable d'apprendre quelque chose de nouveau, surtout si elle trouve le moyen d'avoir Stéphane comme partenaire. Leur code secret est bien pratique, mais il y a une limite à ce qu'on peut exprimer avec des rayons lumineux et un miroir. Écrire des lettres permettrait d'entrer davantage dans les détails. Sans compter que ce serait bien plus amusant.

La dernière sonnerie de trompette se répercute sous les voûtes et le long des couloirs aux murs d'albâtre. Les quatre jeunes filles se hâtent vers leur salle de classe. Leurs pieds chaussés de délicates pantoufles glissent sans bruit sur le sol de marbre rose et blanc. Elles franchissent la porte de la classe et prennent place sur leurs fauteuils à haut dossier tapissés de velours, quelques secondes avant que Mme Garabaldi entre dans la pièce.

Raiponce cesse de se frotter le cou et se redresse. La simple présence de Mme Garabaldi a cet effet sur les élèves.

— Bonjour, mesdemoiselles, dit l'enseignante d'un ton brusque.

Elle saisit un long parchemin, le déroule et prend les

présences. Elle aboie les noms comme un roi qui commande ses troupes, toisant chaque élève par-dessus ses lunettes en demi-lune. Une fois qu'elle a terminé, elle dépose le parchemin et se met à arpenter la pièce de long en large.

— À compter de la semaine prochaine, nous allons réserver du temps en classe pour vous permettre d'étudier. En effet, votre horaire sera plus chargé que d'habitude en raison des examens qui approchent. Cela arrivera beaucoup plus tôt que vous ne le pensez. Vous commencerez également une nouvelle activité aujourd'hui : la Correspondance amicale. Ce cours vous permettra d'améliorer votre calligraphie et votre style. Bref, vous apprendrez à communiquer de façon royale. Je m'attends à ce que vous abordiez sérieusement cette nouvelle matière, ajoute Mme Garabaldi en levant son nez pointu dans les airs. J'espère que vous ne me décevrez pas. Et que cela ne vous serve pas d'excuse pour négliger vos études!

Son regard se promène sur ses élèves et s'arrête sur Raiponce. Cette dernière est irritée. Elle sait qu'elle ne correspond pas à ce qu'on attend généralement d'une princesse. Et il est vrai qu'elle ne prend pas toujours ses cours au sérieux (comment considérer la couture comme une matière sérieuse?). La jeune fille se tortille sur son siège sous le regard de la professeure. Quelque chose dans les yeux de Mme Garabaldi la rend nerveuse. L'enseignante semble pouvoir lire en elle comme dans un livre. Elle se demande si Mme Garabaldi sait pourquoi

10

elle est différente des autres. Peut-être a-t-elle deviné qu'elle a été élevée par une sorcière?

Perdue dans ses pensées, Raiponce sursaute quand la sonnerie retentit. Elle suit les autres élèves qui sortent dans le couloir et se dirigent vers leurs malles tapissées de velours afin d'y prendre leurs fournitures pour le cours de Correspondance amicale. Raiponce rejoint ses amies à la malle de Cendrillon.

Rose est en train de leur faire admirer un sceau en forme de rose qu'elle a apporté pour sceller ses parchemins.

— Mes parents me l'ont offert, explique-t-elle.

Blanche a quelques vieux parchemins que sa mère a envoyés à son père quand il lui faisait la cour.

— Ma belle-mère avait ordonné à un serviteur de les détruire, mais il me les a donnés, chuchote-t-elle, les yeux écarquillés.

Même Cendrillon a apporté un très beau porte-plume en argent.

— Il appartenait à ma mère, dit-elle avec un sourire. Ma belle-mère ne sait pas que mon père me l'a donné.

Raiponce se mord la lèvre. Elle n'a rien apporté pour le nouveau cours. Tout en se dirigeant vers le local situé à l'étage supérieur du château, ses amies bavardent avec animation. Raiponce garde le silence.

— Bonté divine! s'écrie Blanche en entrant dans la pièce.

— Tout scintille! s'exclame Cendrillon en regardant autour d'elle.

11

La lumière du jour pénètre dans la pièce par les hautes fenêtres à carreaux en losange. Des plateaux d'argent chargés de sceaux et de chandelles colorées sont disposés sur des tables de marbre poli, à côté de piles de parchemins de couleurs pastel.

Raiponce prend place à un petit secrétaire de bois sculpté où se trouvent un encrier et un porte-plume muni d'une plume rose duveteuse.

Leur nouveau professeur, M. Lépistolier, entre d'un pas tranquille dans la classe. Raiponce sourit en le voyant. Très soigné de sa personne, il a des cheveux gris clairsemés, une large moustache relevée aux extrémités et une barbiche taillée en pointe. Il porte une culotte courte bouffante, des bas et un gilet à basques, le tout parfaitement empesé. Ses vêtements faits sur mesure lui vont à la perfection.

— Vos presque Altesses, dit-il chaleureusement. Ma première tâche est de vous communiquer le nom du jeune prince avec lequel chacune de vous correspondra pendant toute la durée de ce cours.

Il déroule un grand parchemin de couleur crème.

Raiponce se croise les doigts sous son bureau. « S'il vous plaît, faites que ce soit Stéphane », pense-t-elle.

— Blanche Neige aura le privilège d'écrire au prince Hugo Charmant, annonce M. Lépistolier.

Blanche a un petit rire et son visage devient tout rose.

— Carmine Écarlate correspondra avec Hector Veloutin, poursuit le professeur, et Cendrillon Lebrun écrira à Antoine Ambregris.

— Le meilleur danseur de l'École de charme, chuchote Rose.

Cette fois, c'est au tour de Cendrillon de rougir.

Raiponce est déjà en train de concocter un nouveau code secret pour sa correspondance avec Stéphane.

— Rose Églantine partagera ses pensées royales avec Stéphane Valois.

Raiponce lève les yeux. Qu'est-ce qu'il a dit?

— Quant à Raiponce Roquette, elle correspondra avec Olivier Églefin, conclut M. Lépistolier.

Raiponce en reste bouche bée. Pendant que le professeur roule le parchemin, des murmures s'élèvent dans la classe.

— Hugo Charmant! dit Blanche avec un petit rire excité.

Les jeunes Charmant sont réputés dans tout le royaume pour leur belle apparence et leurs manières raffinées.

— Je vais écrire à Stéphane, dit Rose, dont les joues roses sont empourprées.

Raiponce fronce les sourcils. Elle ne veut pas écrire à Olivier Églefin. Et elle veut encore moins que Rose écrive à Stéphane! Il devient tellement niais quand il est question de Rose! Tous les garçons réagissent ainsi, et même la plupart des filles. Cela la rend folle de voir les gens se pâmer d'admiration devant Rose et l'appeler « Belle ».

— Je vous prie de venir choisir un parchemin, dit le professeur. Aujourd'hui, vous allez rédiger une simple lettre de présentation.

Raiponce a l'impression qu'un poids l'empêche de quitter son bureau. D'abord, Mme Gothel qui manque de la surprendre à l'extérieur de la tour, et maintenant, cette amère déception! Elle regarde les autres élèves choisir un parchemin et retourner à leur place. Elle les imite en réprimant un grognement.

Puis elle observe Cendrillon qui trempe le porte-plume de sa mère dans l'encrier et commence à rédiger sa missive. Les vieux parchemins de Blanche sont étalés sur son bureau à côté de celui qu'elle a choisi. Et le sceau de Rose est prêt à être utilisé pour la première fois.

Raiponce a l'estomac noué. Ses amies ont toutes apporté un objet spécial. Un objet qui leur rappelle leur maison, leur famille... la seule chose dont Raiponce est dépourvue.

Regardant par la fenêtre, la jeune fille donne libre cours à ses pensées. Quelle impression cela fait-il d'avoir une famille? D'être toujours entourée de gens qui vous aiment, comme Blanche avec ses nains, ou Rose, qui est adorée de... eh bien, de tout le monde, finalement. Raiponce est reconnaissante d'avoir des amies, mais une famille, c'est différent. C'est plus permanent.

« Je ne sais même pas quelle est la date de mon anniversaire, pense Raiponce avec tristesse. Ou à quoi ressemble ma mère. Je ne sais pas si elle m'aimerait. »

Sans réfléchir, Raiponce prend sa plume, la trempe dans l'encrier et se met à écrire. Mais elle n'écrit pas à Olivier Églefin. Ni à Stéphane. Elle écrit à sa mère.

Chère Mère,

Vous trouverez sûrement étrange que je vous écrive, mais bien des choses me paraissent étranges ces temps-ci. J'ai l'impression que tout mon univers se transforme sous mes yeux, sans que je puisse intervenir. J'adore l'École des princesses et mes nouvelles amies. Pour la première fois, je sens que je fais partie d'un groupe. Mais parfois, je me sens différente des autres. Mes amies semblent toutes posséder des choses que je n'ai pas. Nous suivons un nouveau cours appelé Correspondance amicale, et j'espérais pouvoir écrire à mon cher ami le prince Stéphane. Je crois qu'il vous plairait. C'est toutefois mon amie Rose Églantine qui va lui écrire. C'est injuste. J'ai tellement besoin de Stéphane en ce moment. Il me connaît mieux que quiconque. Maintenant, il va être occupé à correspondre avec Rose. J'aimerais que vous soyez là, Mère. Au moins, j'aurais quelqu'un à qui me confier.

Affectueusement,

Votre fille Raiponce

Chapitre Trois
L'arbre à messages

Cendrillon remet sa plume dans l'encrier et relit sa lettre. Jusqu'ici, elle s'est présentée et a remercié Antoine d'avoir dansé avec elle au bal du couronnement.

Elle passe la main sur le papier épais. Il est de très belle qualité. En outre, les sceaux personnalisés et la cire colorée utilisés pour sceller les missives ont de quoi donner une allure royale à n'importe quelle lettre.

M. Lépistolier s'éclaircit la gorge :

— Vous devez rédiger de tels chefs-d'œuvre littéraires que leurs destinataires les conserveront dans les poches de leurs gilets royaux.

Cendrillon et plusieurs autres filles gloussent. Elles se taisent devant l'air surpris du professeur, qui finit toutefois par sourire. Cendrillon lui sourit en retour. Le cours de Correspondance amicale est aussi merveilleux qu'elle l'espérait. Et, grâce aux leçons que sa mère lui a données il y a des années, sa calligraphie n'est pas trop mal.

Elle regarde autour d'elle. La plupart des princesses sont occupées à écrire. Pour sa part, Raiponce a les yeux tournés vers la fenêtre et semble perdue dans ses pensées. Son parchemin est à moitié rempli. Cendrillon essaie de croiser son regard, mais Raiponce se met à observer Rose, qui est penchée sur son bureau. Sa plume court sur le papier et elle sourit d'un air ravi. Raiponce fronce les sourcils.

— Monsieur Lépistolier, demande Arielle, une petite princesse à la belle chevelure rousse flottante, comment allons-nous envoyer nos lettres une fois qu'elles seront terminées?

— Écoutez bien, mes astucieuses élèves! commence M. Lépistolier en ajustant son gilet, avant de baisser la voix comme s'il allait leur révéler un secret. La composition de votre message n'est que le début du grand voyage que va entreprendre votre missive. Une fois terminée et scellée, votre lettre doit parvenir à son destinataire par le biais d'une de ces trois méthodes royales : par la voie des airs, par le saule à messages ou par l'entremise d'un animal de la forêt.

Le professeur va ouvrir une fenêtre. Une rafale de vent s'engouffre aussitôt dans la pièce, ébouriffant ses cheveux parfaitement coiffés.

— Bien qu'il y ait une brise vivifiante aujourd'hui, je crois que je vous conseillerais plutôt d'utiliser l'arbre à messages pour vos envois. Je vous accorde chacune un dernier tour de sablier pour compléter votre texte. Puis, après la cérémonie des sceaux, nous nous aventurerons à l'extérieur pour nous rendre auprès du saule enchanté.

Plus qu'un tour de sablier! Cendrillon regarde sa lettre. Il doit bien y avoir autre chose à dire... mais elle ne sait pas quoi ajouter. Après avoir rejeté plusieurs idées, elle écrit simplement :

C'est avec grand plaisir que je communiquerai avec toi.
Ta noble amie,
Cendrillon Lebrun

— Et maintenant, les sceaux! déclare M. Lépistolier. Chacune de vous va venir en chercher un. Choisissez avec soin, car ce sceau sera votre marque sur chacune des épîtres que vous expédierez au cours de ce trimestre.

Les princesses se précipitent toutes en même temps à l'avant de la pièce. Quand Cendrillon parvient à la table de marbre, plusieurs élèves ont déjà effectué leur choix. Rose a sa rose, bien entendu. Blanche est ravie d'avoir trouvé un minuscule colibri. Raiponce serre dans sa main un sceau en forme de nœud. Cendrillon cherche parmi les sceaux restants. Elle voit une jonquille, une boucle, une licorne, une couronne... Quoiqu'ils soient très jolis, aucun ne semble lui convenir.

— Que dirais-tu de celui-ci? demande Blanche en lui tendant un sceau. Il est parfait pour toi!

Cendrillon se penche pour l'examiner et ses yeux s'écarquillent : c'est une chaussure!

Blanche glisse le sceau dans la main de son amie. Le métal argenté est froid au toucher. Son poids surprend

Cendrillon : il est plus lourd qu'elle ne l'aurait cru. Son amie a raison. Il est parfait.

— Approchez, mesdemoiselles! dit M. Lépistolier. Je vais vous montrer l'art de sceller une missive royale.

Le professeur est debout derrière une grande table de marbre. Un plateau d'argent poli est posé au centre, rempli de chandelles de toutes les couleurs. Derrière le plateau se trouve une fine bougie blanche déjà allumée.

M. Lépistolier choisit une chandelle bleu foncé et l'allume à l'aide de la bougie blanche. Cendrillon retient son souffle pendant qu'il place soigneusement la chandelle bleue au-dessus d'un rouleau de parchemin épais et y laisse égoutter la cire fondue. Après avoir laissé tomber sept gouttes, il souffle la chandelle et appuie fermement son sceau en forme de plume d'oie sur la cire chaude pour joindre les deux bouts de parchemin.

— Et voilà! dit-il en soufflant sur la cire pour la faire durcir. Une missive parfaitement scellée. Et maintenant, à vous, mesdemoiselles!

Toutes les élèves se hâtent de choisir leur couleur et s'exercent à apposer leur sceau.

— Oups! fait Blanche en échappant quelques gouttes de trop sur son parchemin. Pauvre colibri! ajoute-t-elle en appuyant son sceau dans la cire jaune. On dirait qu'il est tombé dans une flaque de boue!

À côté d'elle, Gretel échappe quelques gouttes de cire sur la table de marbre blanc.

— Tiens, dit Raiponce en lui tendant un mouchoir de dentelle.

— C'est superbe, Rose! s'exclame Cendrillon d'un ton admiratif. Ta rose est magnifique!

— Très jolie, gazouille Blanche.

— Merci, dit Rose.

Raiponce appuie son sceau en forme de nœud sur la cire fondue. Cendrillon remarque que son amie a encore les sourcils froncés.

Les princesses suivent ensuite leur professeur jusqu'à l'arbre à messages, en tenant bien leurs lettres pour ne pas qu'elles s'envolent au vent.

— Je dois admettre qu'il vente beaucoup pour la saison, dit M. Lépistolier en haussant la voix pour couvrir le bruit du vent. Cela ne devrait pas nous empêcher d'expédier nos lettres!

Il conduit ses élèves jusqu'à un énorme saule noueux en bordure du terrain de l'école.

— Cet arbre n'a pas l'air enchanté, chuchote Blanche en approchant du saule.

— Vous pouvez glisser votre missive dans ce trou, dit le professeur en désignant un orifice dans le tronc noueux.

Cendrillon s'avance avec empressement et dépose son rouleau de parchemin dans l'ouverture. Elle s'écarte ensuite pour laisser passer Blanche, qui fait une petite révérence à l'arbre avant de glisser son parchemin dans le trou. Elle donne une tape de remerciement au saule pendant que Rose insère son rouleau dans l'ouverture d'un mouvement gracieux. Les autres Chemises s'avancent à tour de rôle. Seule Raiponce semble hésiter.

Elle demeure à quelques pas de l'arbre et serre sa lettre contre son cœur.

— Raiponce, dit Cendrillon en s'approchant de son amie. C'est à ton tour.

Les yeux de Raiponce sont remplis d'incertitude. Soudain, alors que Cendrillon est sur le point de lui dire quelques mots d'encouragement, le saule avance un rameau dans leur direction, passant par-dessus l'épaule de Raiponce pour s'emparer du parchemin. Un instant plus tard, l'arbre géant engouffre le rouleau dans le trou comme s'il nourrissait une bouche affamée.

Raiponce fixe l'arbre d'un air horrifié.

— Monsieur le saule! le réprimande Blanche. Quelle impolitesse!

Elle s'approche de Raiponce et entoure ses épaules d'un bras rassurant.

— Ça va? lui demande Rose.

— Bien sûr que oui! jette Raiponce d'un ton sec en la fusillant du regard.

Cendrillon est surprise de cette réaction hostile. Rose voulait seulement être gentille.

L'orifice du tronc s'est maintenant refermée. Les branches du saule oscillent doucement, comme pour se moquer des jeunes filles.

— Ne t'en fais pas, Raiponce, dit Cendrillon. Je suis certaine que ta lettre parviendra à destination sans aucun problème.

« Elle doit être inquiète à cause de la visite imprévue de Mme Gothel », se dit Cendrillon, avant de se tourner vers le professeur.

— Comment les lettres sont-elles acheminées vers leurs destinataires, monsieur Lépistolier?

Elle espère que l'explication du professeur saura réconforter Raiponce. Celle-ci, qui est généralement imperturbable, semble vraiment secouée. Pourtant, il s'agit seulement d'un parchemin.

La question semble prendre M. Lépistolier au dépourvu. Il hésite un peu, puis répond :

— Heu, la livraison des missives royales est... heu... il s'agit d'une très vieille tradition. Chaque lettre doit... heu... parcourir une distance, courte ou longue, et ne peut atteindre sa destination qu'après un périple réussi.

Blanche hoche la tête d'un air approbateur, pendant que Cendrillon jette un regard perplexe à Rose. « Ça veut dire quoi, au juste? »

— Au terme de ce voyage, les lettres aboutiront dans le cerisier enchanté situé en bordure du terrain de l'École de charme, conclut faiblement M. Lépistolier.

C'est alors qu'une rafale de vent s'abat sur le groupe. Le professeur trébuche. Il lève les yeux vers le ciel en fronçant légèrement les sourcils.

— Tout va bien! déclare-t-il avec entrain en tapant des mains. Retournons en classe, mesdemoiselles!

Mais il a l'air inquiet. Cendrillon voit Raiponce se retourner pour toiser l'arbre d'un air furieux.

Non, tout ne va pas bien.

Chapitre Quatre

Prise sur le fait

Raiponce donne un coup de pied sur un caillou en attendant que Stéphane la rejoigne. Il est tellement lent! En fait, cela ne la dérange pas vraiment de l'attendre. Elle a l'habitude. Ce qui la dérange, c'est ce saule qui lui a volé sa lettre.

— Cet arbre idiot m'a dérobé mes pensées les plus secrètes! déclare-t-elle à un écureuil qui mâchonne un gland, sa fourrure ébouriffée par les rafales de vent. Il m'a enlevé la lettre des mains, puis il l'a mangée!

Ce n'est pas tout à fait vrai, évidemment. Le saule a seulement inséré la lettre dans le trou pour qu'elle puisse être acheminée au bon endroit. Et c'est justement cela, le problème. Comme la lettre est destinée à la mère de Raiponce, il n'y a pas de bon endroit!

Raiponce ne sait pas vraiment pourquoi elle a écrit cette lettre. Elle sait que sa mère ne la recevra jamais. Mais pouvoir coucher ses pensées et ses sentiments sur le papier lui a fait beaucoup de bien.

Jusqu'à ce que ce satané saule lui vole sa lettre!

Maintenant, elle risque d'aboutir n'importe où! Et si ses pensées les plus intimes finissaient entre les mains d'un garçon de l'École de charme? Ou, pire encore, d'une sorcière de l'école Grimm?

Raiponce imagine Hortense Lafond ricaner en lisant les confidences de Raiponce à sa mère. Quel cauchemar!

Elle change son cartable d'épaule et ramasse un caillou, qu'elle lance de toutes ses forces dans le ruisseau qui longe le sentier. Le vent l'emporte plus loin qu'elle n'aurait voulu, et il va rebondir sur un arbre de l'autre côté du cours d'eau.

— Beau coup! lance une voix.

C'est Stéphane. Il la rejoint au pas de course et s'arrête devant elle, hors d'haleine. Raiponce est très heureuse d'être en sa compagnie. Elle est sur le point de tout lui raconter lorsqu'il se met à lui parler du cours de correspondance de l'École de charme.

— Je m'attendais à ce que ce soit ennuyeux, avoue-t-il en s'engageant sur le sentier. Au fond, qu'est-ce qu'il y a d'intéressant à écrire des lettres? Mais ce sera fascinant puisque ma correspondante est Rose! Je suis certain que sa calligraphie est remarquable. Les autres princes sont tous jaloux de savoir que je vais écrire à Belle!

Raiponce reste bouche bée. Est-ce qu'il est sérieux? Depuis quand son ami accorde-t-il de l'importance à la calligraphie? Elle sent la jalousie s'emparer d'elle. Il ne s'intéresse pas vraiment à la calligraphie. Ce qui l'intéresse, c'est Rose.

— Avez-vous écrit vos lettres de présentation,

aujourd'hui? demande le prince.

— Bien entendu, c'est toujours ainsi qu'il faut commencer, réplique Raiponce d'un ton impassible, comme si elle avait beaucoup d'expérience en la matière.

— M. Coursier nous a dit que nous allions rédiger les nôtres demain. Il avait l'air surpris que vos lettres ne soient pas arrivées à temps pour notre cours, cet après-midi.

— Comme c'est fascinant! dit Raiponce.

Stéphane ne semble même pas remarquer son ton sarcastique.

Une rafale de vent soulève un nuage de poussière sur le sentier, et Raiponce se protège les yeux de la main. Quel drôle de temps il fait, aujourd'hui!

— Il y a beaucoup de vent! remarque Stéphane, faisant écho à ses pensées.

— Oui, oui, fait Raiponce d'un air morne.

Elle ne veut pas l'encourager à parler. Surtout pas de correspondance et de Rose.

Stéphane jette un regard perplexe à son amie. Il baisse la tête et continue de marcher en silence.

Raiponce soupire. Elle ne voulait pas se montrer désagréable. Ce n'est pas la faute de Stéphane s'il a Rose comme partenaire. Mais n'aurait-il pas pu lui dire qu'il aurait aussi aimé lui écrire? Que cela aurait été amusant de correspondre tous les deux?

Sous le souffle du vent, quelques mèches se défont du chignon de Raiponce et lui balaient le visage. Elle tente sans conviction de les réinsérer dans sa tresse, tout en conservant une distance de quelques pas derrière le prince. Elle aimerait tant que ses amies soient là. Elles l'écouteraient. Elles comprendraient son inquiétude au sujet de la lettre.

À l'endroit où leurs chemins se séparent, Stéphane lui fait signe de la main sans rien dire. Le vent mugit si fort qu'elle ne l'aurait probablement pas entendu, de toute façon. Mais elle connaît la raison de son silence et se sent coupable en le regardant s'éloigner. Elle secoue la tête et commence à escalader la tour en s'accrochant aux fissures et aux arêtes rocheuses familières. Quelques minutes plus tard, elle enjambe le rebord de la fenêtre. Heureuse d'échapper au vent, elle est sur le point de fermer les volets quand elle entend un bruit derrière elle.

— Narines de triton! crie une voix furieuse.

Raiponce se retourne brusquement. Mme Gothel est au milieu de la pièce, les poings serrés.

— Je vois que tu m'as dupée, Raiponce, siffle-t-elle. Tu t'es échappée du refuge protecteur que j'avais créé avec tant de soin pour toi.

Elle jette un coup d'œil au lourd cartable de la jeune fille.

— Et pour aller à.... à l'École des princesses! crache-t-elle d'un air dégoûté comme s'il s'agissait de fromage rance. Je te jure sur ma meilleure potion d'opossum que tu n'es pas une princesse! ajoute-t-elle en faisant un pas en avant, ses yeux gris aussi perçants que des poignards. Tu n'es que la fille abandonnée de parents pauvres et voleurs!

Raiponce s'avance à son tour, le visage empourpré de colère :

— Je n'ai pas été abandonnée. Et mes parents ne sont pas des voleurs! J'ai été enlevée. Par vous, méchante sorcière!

— Enlevée? hurle Mme Gothel. Enlevée? Crachat de serpent! J'ai exaucé le vœu le plus cher de tes parents! Combien de fois ai-je entendu ta mère roucouler ce souhait à ton oreille quand tu étais un bébé? Elle faisait chaque soir le même souhait.

La vieille sorcière s'empare de l'oreiller bosselé de la jeune fille et le berce comme s'il s'agissait d'un bébé :

— Je vous en prie, faites que mon enfant soit toujours en sécurité, singe-t-elle en prenant une voix implorante. Ne laissez personne toucher à un seul cheveu de son adorable tête. Par ma verrue, c'est exactement ce que j'ai fait! conclut-elle en laissant tomber l'oreiller sur le lit comme une couche souillée.

Raiponce brûle d'envie de se jeter sur la vieille femme pour lui arracher les yeux. Elle se garde bien d'essayer. Elle sait que Mme Gothel est maligne et a plus d'un sortilège dans son sac.

— Vous ne m'avez pas protégée, réplique-t-elle en s'obligeant à garder les mains immobiles. Vous m'avez emprisonnée.

— Protégée, siffle Mme Gothel.

Raiponce s'approche si près d'elle que leurs nez se touchent presque.

— Emprisonnée, répète-t-elle.

Elles demeurent ainsi, nez à nez, pendant plusieurs secondes. Dehors, le vent mugit. Puis Mme Gothel fait un pas en arrière.

— Tu ne t'échapperas plus jamais de la tour, déclare-t-elle, une lueur menaçante dans les yeux. Maintenant, défais ta tresse et fais-moi descendre.

Raiponce brûle encore de colère, mais elle sait qu'elle n'a pas le choix. Elle doit obéir. Dénouant sa tresse, elle aide Mme Gothel à descendre jusqu'au sol. Puis elle se jette sur son matelas de paille en serrant les paupières pour retenir le torrent de larmes qui menace de jaillir.

Chapitre Cinq

Purée de pois

Blanche a presque fini de faire les lits. Elle tire sur la couverture de Simplet pour enlever le dernier pli, puis tapote l'oreiller.

— Voilà! dit-elle d'un ton satisfait.

Les nains sont déjà partis à la mine, mais elle ne veut pas laisser la maison en désordre. Il est beaucoup plus agréable de trouver une maison propre en rentrant.

La jeune fille saisit sa cape et descend l'escalier à la hâte. Il est encore tôt. Elle sait qu'elle devrait en profiter pour étudier, mais elle décide plutôt d'aller rejoindre Raiponce et Stéphane pour les accompagner jusqu'à l'école. Après tout, les examens n'auront lieu que dans quelques semaines. Elle jette un dernier regard à sa maison douillette et, même s'il n'y a personne, fait au revoir de la main. Elle est certaine que les mulots et les oiseaux la regardent partir.

Elle gambade allègrement sur le sentier, puis ralentit en arrivant à la fourche. Elle lève les yeux vers les trois panneaux en forme de flèche sur le tronc du cornouiller.

Une légère brume enveloppe l'arbre, rendant la lecture difficile. Mais Blanche sait ce qui y est écrit. Sur la flèche de droite, on peut lire le mot *VILLE* et sur celle de gauche, *MAISON DE MÈRE-GRAND*. Quant à celle montrant la direction d'où vient Blanche, elle indique *FORÊT ENCHANTÉE*.

Blanche choisit le sentier qui mène chez Mère-grand. C'est aussi le chemin de la tour de Raiponce, mais son emplacement est censé être secret. Seuls Raiponce, ses amis et Mme Gothel savent comment s'y rendre.

Tout en sautillant vers la tour, elle constate que la brume s'épaissit à ses pieds, cachant le sentier. Elle cesse de gambader et avance avec précaution ses petits pieds chaussés de fines pantoufles.

— Quelle purée de pois! dit-elle doucement en voyant que le brouillard s'épaissit de plus en plus.

Même si la jeune fille semble aussi enjouée que d'habitude, elle ne peut pas s'empêcher d'éprouver un malaise à la vue de ce brouillard. Elle se retourne pour regarder le chemin d'où elle est venue. Elle ne peut rien voir! Le brouillard cache complètement le sentier.

— Oh là là! s'exclame-t-elle.

Elle se met à fredonner. D'habitude, chanter la réconforte. En voyant que cela ne fonctionne pas, elle décide de siffloter, s'exerçant à reproduire des chants d'oiseaux. Pourtant, même le chant du pinson ne réussit pas à la rasséréner. Blanche a l'impression que le brouillard s'infiltre sous sa peau moite. Elle se sent perdue et effrayée. Un sentiment de panique l'envahit.

Alors qu'elle ouvre la bouche pour se remettre à chanter, elle bute contre une roche indistincte.

— Oh! fait-elle en s'affalant sur le talus couvert de mousse. Qu'est-ce que c'était?

Elle tend la main pour enlever la roche du sentier, mais ramène vivement le bras en la sentant bouger! Alarmée, elle avance de nouveau la main pour tâter l'objet. Il est chaud et doux.

— Mais tu n'es pas une roche! s'exclame-t-elle en ramassant un petit lapin qu'elle approche de sa figure.

Deux autres lapins sautent sur ses genoux.

— Êtes-vous venus à ma rescousse, petits lapins? demande-t-elle, rassurée. Comme vous êtes mignons!

Pendant que la jeune fille frotte son nez sur celui du lapin « roche », un moineau descend dans le brouillard et atterrit sur son épaule en pépiant doucement.

— Je me sens mieux, maintenant que vous êtes ici, dit Blanche aux animaux.

Elle caresse les lapins et siffle avec le moineau. Soudain, un fracas dans les buissons les fait sursauter. Un jeune cerf, dont les bois ne sont encore que de minuscules cornes, s'approche du groupe. Il pousse le coude de Blanche du museau. La jeune fille s'appuie contre lui pour se relever.

— Merci, cher cerf! dit la jeune fille en riant.

Entourée de ses amis de la forêt, Blanche reprend confiance. Les animaux et la jeune fille restent malgré tout nerveux. La brume flotte toujours sur le sentier tandis qu'ils poursuivent leur route. Blanche suit la queue blanche du faon qui la précède pendant que les lapins bondissent à ses pieds et que le moineau siffle sur son épaule. De temps à autre, Blanche croit discerner d'autres sons. Des voix familières... Ce sont les voix de Stéphane et de Raiponce!

— Nous y sommes presque! dit Blanche aux animaux.

Le cerf continue d'avancer. Bientôt, même si elle ne voit toujours rien, Blanche se rend compte qu'ils sont parvenus à la clairière au pied de la tour.

— Raiponce! appelle-t-elle.

— Blanche? C'est toi? répond une voix provenant d'en haut, amortie par la brume blanche. Je ne peux pas descendre. Je n'y vois rien! Et je pense que Stéphane s'est égaré!

— Tu peux y arriver, Raiponce! lance Blanche pour l'encourager. J'en suis sûre. Tu le fais depuis des années!

La toute première fois que Blanche a vu son amie descendre de sa tour, elle en a eu le souffle coupé. Elle s'agrippait au mur comme un vrai lézard!

— Je me sens étourdie, crie Raiponce. Je ne peux même pas voir mes pieds.

Bien que le brouillard soit si épais qu'il étouffe les sons, Blanche discerne de l'inquiétude dans la voix de son amie.

— Tu n'as pas besoin de voir tes pieds. Ferme les yeux et suis le son de ma voix.

Blanche se met à chanter une chanson que lui ont apprise les nains. Le truc fonctionne. Un instant plus tard, Raiponce est debout auprès d'elle.

— Merci! dit-elle à voix basse en se penchant pour mieux voir le visage de Blanche. Nous ferions mieux de partir au plus vite. Et de trouver Stéphane avant qu'il s'aventure dans le marécage... ou pire encore!

Elle marche rapidement, malgré le brouillard. Elle semble nerveuse.

« C'est probablement à cause de la brume, se dit Blanche. Ou de sa descente à l'aveuglette. »

— Le cerf connaît le chemin, dit-elle d'un ton qu'elle veut rassurant.

— Moi aussi, réplique Raiponce d'un ton sec. J'ai suivi ce sentier des millions de fois avant aujourd'hui...

Elle est interrompue par des bruissements de feuilles et des craquements de branches.

— Par le fil de mon épée! crie une voix sur la gauche. Aïe!

C'est Stéphane.

— Par ici, Votre Altesse! dit Raiponce en tendant la main au jeune prince, qui apparaît, plutôt débraillé, sur le sentier.

Une branche est coincée dans ses boucles sombres et une feuille dépasse de son gilet. Il se frotte le front.

— Heu, bonjour, dit-il en souriant. Je crois que je m'étais égaré.

— C'est à cause du brouillard, dit Blanche.

— Mais j'ai trouvé ceci! dit-il en extirpant la branche de ses cheveux et en y cueillant quelques baies qu'il offre aux jeunes filles.

— Nous n'avons pas le temps de manger, voyons, dit

Raiponce d'une voix plus basse que d'habitude. Nous sommes en retard. Mme Gothel est peut-être en train de me chercher.

— Ne dis pas de sottises! déclare Stéphane en avalant une baie. Pourquoi te chercherait-elle? Elle te trouve toujours à l'endroit où elle t'a laissée!

— Écoutez-moi, dit sérieusement Raiponce. Elle sait que je m'enfuis de la tour. Elle m'a vue revenir hier. Et si elle me surprend encore, je ne sais pas ce qu'elle fera. Ceci est peut-être ma dernière journée de liberté, ajoute la jeune fille en prenant une grande inspiration.

Blanche pousse une exclamation horrifiée. C'est une véritable catastrophe! Elle ne peut imaginer l'École des princesses sans Raiponce! Mille questions lui viennent à l'esprit. Comment la sorcière a-t-elle découvert le pot aux roses? Qu'est-ce qu'elle a dit à Raiponce? Et surtout, que devraient-ils faire, à présent? Stéphane reste sans voix. Quant à Raiponce, elle s'est déjà mise en route pour l'école.

Chapitre Six

Animaux en émoi

Rose se tortille sur son siège, attendant que M. Lépistolier prenne la parole. Le professeur, debout devant les hautes fenêtres, scrute le brouillard en tirant sur sa barbiche bien taillée et en fronçant ses sourcils broussailleux.

— Hélas, mesdemoiselles! De toutes les années où j'ai eu le plaisir d'enseigner l'art des relations épistolaires à mes nobles élèves... Eh bien, reprend-il après une pause théâtrale, je n'ai jamais attendu si longtemps une réponse à un courrier. Je ne peux me résoudre à croire que l'École de charme a perdu son charme. Non. C'est impossible.

— Je ne le crois pas non plus, chuchote Blanche à Rose. Hugo Charmant est... tellement charmant!

Sans l'entendre, M. Lépistolier se laisse tomber dans son fauteuil capitonné et regarde avec inquiétude les jeunes filles qui lui font face, chacune assise à un secrétaire de bois sculpté.

— J'ai bien peur qu'il ne se passe quelque chose

d'étrange, avoue-t-il avant de se redresser, comme s'il puisait du courage à une source intérieure secrète. Cependant, il ne faut pas se laisser abattre! Nul besoin d'attendre une réponse pour écrire une autre missive!

Rose ne peut réprimer un petit sourire. M. Lépistolier est si sérieux! Il parle comme s'il voulait motiver des troupes à combattre, et non encourager un groupe de princesses à écrire! Elle prend sa plume, essuie soigneusement le bout au bord de l'encrier pour ne pas tacher le parchemin, puis écrit :

Cher prince Stéphane...

Elle s'interrompt en sentant quelque chose lui heurter le genou. Blanche lui tend un petit parchemin sous le bureau, sans se retourner. Rose prend discrètement le parchemin de sa main gauche, tout en gardant sa plume immobile sur le parchemin. Si Blanche lui fait passer un message, ce doit être important. Cette activité est très mal vue à l'École des princesses. Les gens de la noblesse font expédier leurs messages par des pages, et non en gribouillant des notes sur des bouts de parchemin. Rose déroule le petit rouleau et lit :

Il faut discuter des problèmes de Raiponce à la tour. C'est urgent!

Rose jette un coup d'œil à Raiponce. La jeune fille est penchée sur son parchemin. Des gouttes d'encre sont tombées sur son secrétaire, sa lettre et sa manche. Elle ne semble pas avoir de problème. Elle est comme d'habitude, fougueuse et indépendante, dépourvue de l'allure majestueuse associée généralement aux princesses. Raiponce lui a toujours fait l'effet d'une personne équilibrée. Contrairement à Rose, elle n'a pas à endurer des parents qui se mêlent de tout ni des fées chargées de l'espionner et de la protéger. Et même si c'était le cas, Raiponce serait indifférente à tout cela. Elle peut faire face à n'importe quoi!

Rose reporte son attention sur le message. Elle sait que Raiponce est inquiète ces jours-ci. La jeune fille craint que Mme Gothel ne découvre ses escapades quotidiennes. Mais comme Raiponce est venue à l'école aujourd'hui, Rose se dit que la sorcière ne sait probablement encore rien.

Tout en se demandant quel peut être le problème de Raiponce, Rose continue d'écrire à Stéphane. Elle devrait probablement lui poser la question. Il doit savoir ce qui se passe, lui qui connaît si bien Raiponce. Mais qui sait s'il recevra cette lettre, ou quand elle recevra sa réponse? Elle décide de ne pas aborder ce sujet.

Pendant que les élèves signent et scellent leurs missives, M. Lépistolier s'approche de nouveau des fenêtres. Il ouvre l'un des battants au moment où Rose appuie son sceau dans la cire fondue.

Le professeur sort son index mouillé par la fenêtre. Un instant plus tard, il rentre la main en frissonnant. Il fait claquer le battant et se tourne vers la classe.

— Que le temps coopère ou non, nous ferons tout en notre pouvoir pour expédier vos admirables épîtres! déclare-t-il en frappant du poing dans sa paume. Si Vos Altesses sont d'accord, les nouvelles missives seront acheminées par les plus courtois des messagers : les animaux de la forêt!

« Cela devrait faire plaisir à Blanche », se dit Rose. Blanche aime les animaux plus que tout au monde.

Rose suit Cendrillon et Raiponce dans le couloir. Les élèves descendent plusieurs volées de marches et suivent les couloirs aux colonnes sculptées de roses et de lierre. Tout en marchant, les princesses parlent à voix basse des examens et de leurs correspondants de l'École de charme. Lorsque les portes de l'école s'ouvrent devant elles, Rose frissonne. L'air embrumé est frais, et les jeunes filles n'ont pas pris le temps d'aller chercher leurs capes. Dans le jardin, Rose chuchote à Cendrillon, en désignant Raiponce qui les précède :

— Quel est le problème?

Cendrillon hausse les épaules et montre le petit parchemin qu'elle tient dans sa main. Elle aussi a reçu un message.

De l'autre côté du jardin tout enveloppé de brouillard, M. Lépistolier attend. Il lève la main et les princesses se rassemblent autour de lui, se serrant les unes contre les autres pour se réchauffer. Le professeur sort un minuscule sifflet d'argent de la poche de son gilet et le porte à ses lèvres. Le son qu'il en tire ressemble étrangement au sifflement de Blanche quand elle appelle les animaux pour leur distribuer des graines et des noix. Rose regarde Blanche en souriant, curieuse de voir sa réaction. Cependant, Blanche, qui devrait normalement sauter de joie à l'idée de combiner ses deux passions, l'école et les animaux, semble préoccupée.

Rose sort du cercle et se dirige vers Raiponce. Il faut qu'elle sache ce qui se passe. Soudain, son regard est attiré par un mouvement dans les bois. Elle a à peine le temps d'apercevoir une cape sombre et des collants rayés avant que la silhouette disparaisse dans la forêt. Rose n'en est pas certaine, mais cela ressemblait à une sorcière de l'école Grimm. Et on aurait dit qu'elle transportait un rouleau de parchemin rose! Rose est sur le point de la héler lorsque M. Lépistolier pousse un cri perçant. Les animaux sont arrivés.

Un raton laveur à la fourrure humide et ébouriffée s'approche du groupe en titubant. Il a l'air fatigué. Ses yeux démesurément ouverts sont entourés de cercles très foncés. Un blaireau mouillé, trois renards trempés et un groupe de lapins frissonnants arrivent ensuite.

— Qu'est-ce qui vous est arrivé? demande Blanche.

Elle s'agenouille et se met à assécher les petites bêtes avec ses jupes, en chantonnant doucement. Quelques autres princesses l'imitent maladroitement.

Clairement déconcerté par les animaux grelottants et échevelés, M. Lépistolier se tord les mains d'une façon fort peu royale. Rose se dit que quelqu'un devrait le réconforter, lui aussi.

— Jamais je n'ai vu un pareil désordre ni une telle

humidité! déclare-t-il. Les animaux de la forêt ont l'air complètement affolés!

Rose pensait justement la même chose de son professeur. La brume fait frisotter ses cheveux et sa barbe, et ses yeux inquiets luisent d'une lueur farouche. Juste au moment où elle se dit qu'il sera incapable de terminer la leçon, le professeur trapu prend une grande inspiration et semble se calmer.

— Avant d'aller plus loin, chacune de vous doit choisir un messager, dit-il d'un air plus confiant en distribuant des rubans aux princesses. Lorsque vous aurez attaché votre rouleau de parchemin, vous devrez annoncer le nom de la personne à qui il est destiné. Parlez clairement et gentiment.

Rose se baisse et choisit l'animal le plus près d'elle, un porc-épic à l'air hébété. Elle enfonce rapidement son parchemin sur le dos hérissé de la bête. Elle voudrait bien la caresser, mais tout son corps est couvert d'épines.

— Pour le prince Stéphane, dit-elle d'une voix douce, en se forçant à sourire à l'animal. S'il te plaît, apporte cette lettre au prince Stéphane Valois.

Le porc-épic la regarde d'un air absent. Il ne semble pas avoir compris. Rose voudrait être aussi douée que Blanche avec les animaux. Elle songe à demander l'aide de son amie, mais le porc-épic fait demi-tour et se dirige vers les bois en se dandinant.

Rose regarde le brouillard envelopper la petite bête. Le parchemin disparaît d'abord dans la brume blanche. Puis, avant même d'avoir franchi la longueur du tapis rose qu'on déroule toujours dans les grandes occasions, le minuscule porc-épic est avalé à son tour par la nappe de brouillard.

Chapitre Sept
Averse de grêle

Raiponce regarde le renard argenté s'éloigner en trottinant avec sa lettre destinée à Olivier Églefin. D'une certaine manière, le départ du renard lui fait penser au saule qui a gobé la lettre à l'intention de sa mère.

— Une autre lettre engloutie! dit-elle, une fois que le renard a disparu dans les bois.

Elle éprouve un sentiment de malaise à la pensée des lettres manquantes. Quant à l'étrange brouillard qui enveloppe l'école, Raiponce a presque l'impression qu'il la suit.

Rejetant ces pensées lugubres, elle se remet debout. Soudain, des grêlons aussi gros que des tasses à thé se mettent à tomber du ciel.

— Ça alors! s'exclame Raiponce en levant les yeux.

Elle regrette aussitôt son geste : un grêlon de la taille d'un œuf de caille atterrit avec un bruit sourd sur son front.

— Aïe! lance la jeune fille en se frottant la tête.

42

En comparaison avec la grêle, le brouillard était presque agréable. Les morceaux de glace tranchants tombent sans merci sur le petit groupe. Les animaux et les jeunes filles courent dans toutes les directions.

— Ouille! crie une princesse qui a reçu un grêlon sur le bras.

Elle tient l'endroit meurtri d'une main tout en courant vers un grand chêne pour s'y abriter.

— Ma robe! crie une autre, ne sachant où se cacher. Elle est déchirée!

— Rentrons vite au château! lance M. Lépistolier par-dessus le vacarme.

Soudain, Blanche apparaît aux côtés de Raiponce, suivie de Rose et Cendrillon.

— Viens, chuchote Blanche. Nous allons à l'écurie!

— D'accord, acquiesce Raiponce.

Laissant derrière elles le groupe désordonné, les quatre jeunes filles s'esquivent sous l'averse de grêle et se dirigent vers la bâtisse au toit de chaume qui abrite les chevaux de l'école. Cendrillon ouvre la lourde porte de bois et les amies s'engouffrent à l'intérieur.

Raiponce les conduit vers leur stalle habituelle, peinte de couleur lavande. Elle s'écroule sur une botte de foin. Rien qu'à humer l'odeur de la paille fraîche et du savon à selle, elle se sent mieux.

— Je n'ai jamais rien vu de pareil, dit Cendrillon en retirant des éclats de glace de ses cheveux. C'était horrible!

Blanche hoche la tête d'un air grave.

— J'espère qu'ils ont pu s'abriter, dit-elle.

— Mais oui, dit Raiponce, qui se frotte toujours le front. Le château n'est pas beaucoup plus loin que l'écurie.

— Je parlais des animaux! crie Blanche en se tournant vers elle. Les pauvres bêtes étaient trempées jusqu'aux os quand elles sont arrivées. Et elles sont obligées de livrer des parchemins par ce temps affreux... Ce n'est pas juste!

— Le temps est vraiment bizarre, dit Cendrillon d'un air songeur.

— Il se passe quelque chose d'étrange, déclare Blanche. Quelque chose de... sinistre.

— Oh! J'oubliais! dit Rose en se redressant. Je suis presque certaine d'avoir vu une élève de Grimm se faufiler dans les bois avec l'un de nos parchemins.

— Vraiment? demande Raiponce. Qui donc?

— Je ne suis pas sûre, avoue Rose. Il y avait tellement de brouillard que je ne pouvais pas bien voir.

— Ces sorcières ne nous apportent que des ennuis, dit Cendrillon.

— Je sais, dit Blanche. Mais nous avons autre chose de plus important à discuter. Raconte-leur, dit-elle à Raiponce en la fixant sérieusement de ses grands yeux sombres.

Raiponce pousse un gros soupir.

— Mme Gothel a découvert que je m'enfuis de la tour, dit-elle.

Cendrillon et Rose ont le souffle coupé.

— Elle dit que je ne suis pas une princesse et que mes parents étaient de misérables voleurs. Et elle a juré de ne plus jamais me laisser sortir!

— Le brouillard est peut-être sa façon de t'empêcher de t'enfuir, dit Cendrillon d'un ton songeur.

— C'est possible, fait Rose.

Blanche hoche la tête.

— Cette horrible sorcière dit qu'elle ne laissera plus Raiponce fréquenter l'école, dit-elle d'une voix inquiète.

— Elle ne peut pas faire ça! lance Rose avec colère. Peut-être que tu devrais lui écrire une lettre! Même si elle ne mérite rien d'amical!

Ses amies ont un petit rire peu enthousiaste, puis elles tombent dans un silence chargé d'angoisse.

— Nous devons aider Raiponce pour qu'elle continue de s'échapper, dit Blanche. Stéphane la rejoint à la tour chaque matin, mais il ne peut pas s'en charger seul. Il faudra plus d'une personne pour déjouer cette vilaine sorcière.

Rose et Cendrillon hochent la tête. Raiponce est bouleversée. Ses amies prennent son problème trop au sérieux. Elle sait qu'elle est dans le pétrin à cause de Mme Gothel, mais elle peut s'en tirer seule, non? Elle regarde ses chaussures.

— Ne t'en fais pas, Raiponce, dit Cendrillon d'un ton réconfortant. Nous ne laisserons pas Mme Gothel te garder pour elle seule. L'École des princesses ne serait pas la même sans toi!

— Je vais me rendre à la tour demain matin, suggère

45

Rose. Je dirai à mes fées que j'ai une répétition de révérences. Elles ne savent pas qu'on ne déroule le tapis rose que dans les grandes occasions!

Raiponce regarde les trois jeunes filles. Ce sont les meilleures amies qu'on puisse souhaiter. Toutefois, leur anxiété la trouble tout autant qu'elle la rassure. Blanche a les yeux écarquillés et Cendrillon semble nerveuse. Quant à Rose, elle propose de l'aider demain matin, même si cela l'obligera à se lever tôt, ce qu'elle déteste. Elles ont vraiment l'air inquiètes.

Raiponce avale sa salive avec effort. Peut-être que sa situation est plus désastreuse qu'elle ne le croyait.

Chapitre Huit

Une réponse inattendue

Raiponce marche lentement le long du sentier qui mène à la tour. Comme Stéphane avait une joute de dernière minute à l'école, elle doit rentrer seule à la maison. Mais peu lui importe : elle a tellement de choses en tête! Les événements bizarres entourant la Correspondance amicale, ses problèmes avec Mme Gothel, la préparation des examens, sa jalousie envers Stéphane et Rose, et enfin, les visages soucieux de ses amies dans l'écurie.

« Ce n'est pas si grave que ça, se dit-elle. Elles prennent soin de moi, comme toutes les bonnes amies, c'est tout. »

Pourtant, ce n'est pas dans ses habitudes d'avoir besoin d'aide. Et Rose qui viendra la rejoindre demain matin... Tout cela est très bien, sauf qu'elle sera en compagnie de Stéphane. Et s'ils ne parviennent pas à faire sortir Raiponce, ils se rendront à l'école ensemble, tous les deux!

« Stéphane aimerait sûrement ça », pense tristement

47

Raiponce. Elle prend une grande inspiration, détache sa cape et l'enlève. Le mauvais temps s'est dissipé. En fait, l'après-midi est radieux. Le ciel est bleu azur, parsemé de quelques nuages blancs cotonneux. Une brise légère fait joyeusement bruire les feuilles des arbres.

— Je parie que Rose veut profiter de cela pour voir Stéphane, dit Raiponce à voix haute en levant les yeux vers le ciel.

Elle aperçoit un nuage en forme de fleur et le regarde se déplacer, l'estomac noué. Stéphane et Rose. Elle déteste le sentiment qu'elle éprouve en les imaginant ensemble. Cela ne lui ressemble guère d'être jalouse. Ce sont deux de ses meilleurs amis. Elle est heureuse qu'ils s'entendent bien. Alors, pourquoi leur amitié la dérange-t-elle à ce point?

Devant elle, le sentier s'élargit et elle aperçoit la tour. Elle la fixe des yeux pendant une minute. Elle semble différente. Plus droite, plus ronde, plus accueillante, d'une certaine façon. Étrangement, Raiponce se sent mieux en la voyant.

« Arrête donc de t'apitoyer sur ton sort, se dit-elle. Les choses ne sont jamais aussi graves qu'elles le paraissent. »

En sifflant une mélodie que lui a apprise Blanche, Raiponce s'approche en gambadant et se met à grimper. Une minute plus tard, elle enjambe le rebord de la fenêtre. Elle regarde la petite pièce. Mme Gothel ne s'y trouve pas, mais elle a laissé un soufflé de légumes verts flétris et un verre de lait sur la petite table près du lit.

Raiponce regarde la nourriture d'un air surpris. Bien qu'il s'agisse des mêmes légumes amers que la sorcière a l'habitude de lui servir, cette dernière n'a jamais cuisiné de plats aussi compliqués qu'un soufflé auparavant. Et elle ne lui a jamais apporté de collation l'après-midi.

Raiponce remarque autre chose sur la table : une lettre. Elle la regarde avec méfiance. Elle est sûrement remplie d'accusations et de menaces. Mme Gothel a dû être furieuse en constatant son absence quand elle lui a apporté le soufflé.

« Je ne devrais peut-être pas la lire », pense la jeune fille. Elle se sent bien pour la première fois de la journée et ne veut pas rompre le charme. Il faut néanmoins qu'elle la lise. Plus elle attendra, pire ce sera.

Rassemblant tout son courage, Raiponce ramasse la lettre. Elle est écrite sur du papier épais de couleur ocre dont le pli porte un sceau de cire vert pomme en forme de chaudron.

Raiponce s'assoit sur son lit, brise le sceau, déplie la lettre et se met à lire.

Raiponce,

Par la magie de mes potions! Tu as été comme une fille pour moi, ces dix dernières années. Tu as rempli mon chaudron de tout ce qui compte. Ne t'inquiète pas de tous les changements qui surviennent, petite Raiponce. Je vais faire en sorte que les choses demeurent inchangées pour toujours. Oublie l'École des princesses. Je suis là pour toi. Tu n'as

49

pas besoin d'amis. Au bout du compte, ils finiront par t'abandonner, alors que moi, je ne te quitterai jamais.

Madame Gothel (Mère)

Raiponce regarde fixement le papier dans sa main. Il doit y avoir une erreur. Elle relit l'endos du parchemin pour s'assurer qu'il lui est destiné. Il est bien à son nom, et elle reconnaît l'écriture anguleuse de Mme Gothel.

Pourquoi la vieille sorcière lui écrit-elle une pareille lettre? Raiponce la relit de nouveau avec une surprise grandissante. Cette fois, elle prend le temps de bien lire chaque mot, même la signature. Le dernier mot la secoue comme une gifle en pleine figure : *Mère*.

On dirait que Mme Gothel a reçu la lettre que Raiponce a écrite à sa mère! Encore pire, elle pense que la lettre lui était destinée!

Furieuse, Raiponce se lève d'un bond et se met à marcher de long en large. Comment Mme Gothel peut-elle s'imaginer qu'elle la considère comme sa mère? Quelle sorte de mère serait capable d'enfermer sa fille dans une tour pendant des années? Et qu'est-ce que cette vieille sorcière peut-elle bien savoir de ses amis?

— Ce sont de vrais amis! crie Raiponce dans la pièce vide. Ils ne m'abandonneront jamais!

La jeune fille baisse les yeux sur la lettre. Elle la déchire en morceaux qu'elle jette par la fenêtre, où ils s'envolent au vent. Mais elle est toujours en colère. Il faut qu'elle fasse autre chose, qu'elle trouve un moyen de faire comprendre à Mme Gothel toute l'étendue de son erreur.

Raiponce regarde le petit foyer. Comme le temps est doux, il n'y a pas de feu dans la cheminée. Mais le bâton noirci qui lui sert à attiser les flammes lui donne une idée. Elle va l'utiliser pour rédiger sa réponse. Comme elle a déchiré le seul papier qu'il y avait dans la pièce, elle va devoir écrire sa réponse sur le mur.

Elle saisit le bâton et commence à écrire :

M.G.
Cette lettre n'était pas pour vous.
Vous n'êtes pas ma mère et ne le serez jamais.
Je ne suis pas un oiseau en cage.
Vous ne pouvez pas me garder prisonnière pour toujours.
Et vous ne connaissez pas mes amis.
Contrairement à vous, ils ne me trahiront jamais.

À plusieurs reprises, elle doit noircir la pointe du bâton à la flamme de sa bougie pour pouvoir compléter son message. Mais l'effort en vaut la peine. Elle réussit à exprimer tout ce qu'elle a sur le cœur.

Satisfaite et épuisée, la jeune fille avale quelques bouchées de soufflé et tombe dans un sommeil sans rêves.

Le matin survient rapidement. Toujours roulée en boule sur son matelas bosselé, Raiponce prend soudain conscience qu'une lumière aveuglante lui transperce les paupières et lui donne mal à la tête. Serait-elle en train de rêver?

Elle ouvre lentement un œil. Elle ne rêve pas. Sa chambre est baignée d'une lumière si intense qu'elle lui blesse les yeux. Plaçant sa main en visière sur son front, Raiponce regarde autour d'elle. Elle aperçoit un bol de légumes bouillis et une tasse de thé sur sa table de chevet.

— Tout compte fait, la nourriture ne s'améliore pas! dit-elle en fermant un œil et en saisissant la fourchette.

Les légumes sont trop cuits et très amers. Une fois la dernière bouchée avalée, Raiponce parvient presque à regarder autour d'elle sans s'abriter les yeux. En plissant les paupières, elle déchiffre la réponse de Mme Gothel sur le mur :

Il est vrai que les oiseaux ont des ailes,
mais tu ne t'envoleras jamais, mon hirondelle.
Tu resteras dans cette tour
jusqu'à la fin de tes jours.

Raiponce sent son pouls s'accélérer.

— Je ne resterai pas prisonnière! Je vais entrer et sortir à ma guise! crie-t-elle.

Elle se précipite vers la fenêtre pour s'enfuir. Mais si la lumière qui baigne la pièce est terriblement brillante, elle est carrément aveuglante à l'extérieur. On dirait que toute la dévorante énergie du soleil est concentrée sur la tour de pierre dans la forêt.

Se protégeant la figure d'une main, Raiponce essaie

de regarder en bas. Peine perdue. Elle n'y voit rien. Sa tête est encore plus douloureuse qu'auparavant. Elle ferme les yeux et rentre la tête à l'intérieur. Comment va-t-elle sortir d'ici?

Contrariée, elle tape du pied sur le sol de pierre. Le son feutré se répercute dans ses oreilles. Puis elle entend autre chose : des voix.

Des voix familières, amicales.

— Raiponce! crie Stéphane. Est-ce que ça va? Il faut que tu t'éloignes de la fenêtre! La lumière est trop forte!

Raiponce est envahie par le soulagement.

— Sans blague! lance-t-elle avec un sourire narquois. Je croyais que c'était la nuit, dehors!

Puis elle entend un grattement. Quelqu'un est en train d'escalader la tour. Mais Stéphane a peur des hauteurs. Il n'est monté à la tour qu'une seule fois, et elle avait dû passer une heure à le convaincre.

Soudain, la lumière s'atténue.

— Viens, tu peux sortir! crie une voix.

Bien que ce soit la voix de Rose, la forme qui enjambe la fenêtre et bloque la lumière ressemble davantage à un chevalier. Un chevalier vêtu d'une robe.

Rose retire le casque de joute de Stéphane et le lance à Raiponce. Elle balaie la pièce du regard.

— Tiens, mets ça, dit-elle d'un ton neutre. Et baisse la visière pour protéger tes yeux.

— Et toi? Comment feras-tu pour voir? demande Raiponce en prenant le casque. Elle est reconnaissante à son amie, mais elle veut s'assurer qu'elle a prévu autre chose pour elle-même.

Rose enroule une écharpe vaporeuse autour de sa tête.

— Ceci suffira à atténuer la lumière, dit-elle. Mes yeux se sont adaptés.

Raiponce abaisse la visière du casque et suit Rose par la fenêtre.

La descente est difficile. Le soleil éclatant rend les pierres brûlantes. Raiponce ne cesse de heurter le haut de sa visière contre le mur. Et Rose doit s'arrêter à deux reprises pour ajuster l'écharpe sur ses yeux.

Finalement, les deux jeunes filles parviennent en bas sans encombre. Même sous le couvert des arbres de la forêt, la lumière est intense et il fait exceptionnellement chaud. Mais au moins, Raiponce peut voir sans la protection du casque. Elle le retire pour refaire son chignon et tend le casque à Rose.

— Merci, dit-elle. Je n'aurais jamais pu descendre sans…

— Quel sauvetage impressionnant, chère madame! l'interrompt Stéphane en prenant le casque, avant de s'incliner devant Rose pour lui baiser la main. Très audacieux!

Rose glousse, et Raiponce sent que ses paroles de reconnaissance se bloquent dans sa gorge. Elle voulait raconter à ses amis le mélange de lettres et l'horrible réponse de Mme Gothel, mais elle se ravise. Il est évident que Rose n'est pas venue l'aider. Elle voulait simplement impressionner Stéphane.

Sans mot dire, Raiponce tourne les talons et marche d'un pas lourd en direction de l'école.

Chapitre Neuf

Mini tornade

Tout en se dirigeant vers l'école, Cendrillon s'essuie le front avec le minuscule mouchoir de dentelle qu'elle garde dans sa manche. Elle est en retard. Même si le soleil n'est levé que depuis quelques heures, il fait déjà une chaleur torride. Cendrillon regrette de ne pas avoir laissé sa cape à la maison, mais après la tempête de grêle de la veille, elle ne savait trop à quel temps s'attendre.

Toutefois, le temps est bien le moindre de ses soucis. Si elle est encore en retard à l'école, elle ne sait pas comment réagira Mme Garabaldi... elle risque d'en faire éclater son corset!

Mais elle ne peut pas échapper aux corvées que lui impose sa belle-mère, Kastrid. Ce matin, en plus de sa longue liste de tâches habituelles, Kastrid voulait qu'elle repasse une robe pour son thé de l'après-midi, et ses demi-sœurs Anastasie et Javotte lui ont demandé des œufs pochés et des gaufres. Et bien d'autres tâches l'attendront après l'école, Cendrillon en est certaine.

« Qu'est-ce qui a bien pu me faire croire que j'aurais du temps libre lundi pour aller à la tour? » se demande la jeune fille.

Elle rit presque à l'idée d'avoir du temps libre. Son sourire s'évanouit lorsqu'elle imagine Raiponce, coincée dans sa tour, incapable de se rendre à l'école. Ce serait terrible. L'École des princesses a besoin de Raiponce. Et Cendrillon a besoin de Raiponce. Elle est si drôle, franche, audacieuse et sûre d'elle! Elle est tout ce que Cendrillon voudrait être.

Elle entend les premières trompettes résonner au loin. Cendrillon n'a que quelques minutes pour se rendre en classe.

— Zut! murmure-t-elle en relevant ses jupes et en hâtant le pas.

Elle a atteint le chemin qui mène à la ville et s'apprête à s'y engager quand un bruit la fait s'arrêter net. Elle se retourne. On dirait des branches qui frottent contre une fenêtre. Non… c'est le rire d'Anastasie!

— Anastasie, n'essaie pas de me créer des ennuis! lance Cendrillon.

Aucune réponse ne lui parvient. Peut-être qu'il s'agit de son autre affreuse demi-sœur.

— Javotte, tu vas être en retard, toi aussi! dit Cendrillon en reculant sur le sentier.

Elle regarde d'un côté et de l'autre sans apercevoir ses méchantes demi-sœurs. Malgré la chaleur, un frisson lui parcourt le dos. Le gloussement strident semble provenir de la gauche.

Pivotant sur elle-même, Cendrillon se plaque une main sur la bouche pour réprimer un cri. Le spectacle qui s'offre à sa vue est pire que ses demi-sœurs. Deux vilaines sorcières de Grimm sont accroupies sous un bosquet d'arbres. Elles agitent leurs baguettes tordues en riant cruellement. Devant elles, une petite tornade tourbillonne follement, projetant des branches, des cailloux et de la poussière dans les airs.

C'est une tornade impressionnante. Toutefois, ce n'est pas la cause de l'hilarité des sorcières. La cible de leurs moqueries est un minuscule mulot qui pousse de petits cris terrifiés, entraîné par le tourbillon.

— Minable mulot! raille l'une des sorcières entre deux éclats de rire.

Elle a des cheveux couleur de marais et une robe à pois orange et verts. Cendrillon ne peut pas voir sa figure, car la sorcière est pliée en deux et rit en se tenant le ventre à deux mains.

— Horreur de rongeur! glousse sa comparse.

Cette deuxième voix lui est affreusement familière. Cendrillon se penche en avant et aperçoit des collants rayés rouge et noir et de redoutables bottines. Il ne peut s'agir que d'Hortense Lafond, l'une des plus effroyables élèves de l'école Grimm! Cendrillon aperçoit quelque chose juste à côté de l'énorme bottine d'Hortense. On dirait…

Crac! Une brindille se casse avec un bruit sec sous la pantoufle de Cendrillon. Les gloussements cessent aussitôt. Les deux sorcières se regardent, puis se tournent dans sa direction. Cendrillon n'attend pas de savoir si elles l'ont aperçue. Rassemblant ses jupes, elle court vers l'École des princesses du plus vite qu'elle le peut.

Lorsqu'elle se glisse à sa place dans la classe, elle sent son cœur battre dans sa poitrine. Elle essaie de maîtriser sa respiration avant que Mme Garabaldi ne lui fasse remarquer que « les princesses ne doivent pas haleter comme des caniches ». Cendrillon est impatiente de raconter à ses amies ce qu'elle a vu. Elle fait signe à Rose, Raiponce et Blanche de s'approcher.

— Je crois savoir qui s'amuse à gâter le temps, dit-elle, hors d'haleine. Et aussi à mélanger le courrier.

— Qui donc? chuchote Rose.

— Les sorcières de Grimm! souffle Cendrillon. Je crois que c'est effectivement une sorcière que tu as vue hier avec un parchemin, Rose. J'en ai vu deux sur la route de l'école ce matin. Elles créaient des tornades et tourmentaient un mulot. Et je pense qu'il y avait un parchemin à côté de la bottine d'Hortense!

— Hortense Lafond? demande Raiponce, le visage grimaçant comme si elle venait de sentir une odeur infecte.

Cendrillon hoche la tête.

— Un mulot? demande Blanche à son tour.

Cendrillon hoche de nouveau la tête.

— Il y a autre chose… commence Rose.

Elle s'interrompt en voyant Mme Garabaldi prendre place sur son trône à l'avant.

— J'espère que je n'aurai pas à demander votre attention, dit la professeure en tambourinant de ses doigts bagués sur les accoudoirs sculptés. Les monarques ne quémandent jamais.

Toutes les élèves se taisent. Elles savent qu'il vaut mieux ne pas faire répéter leur professeure.

Satisfaite d'avoir obtenu le silence, Mme Garabaldi commence à prendre les présences. Elle prononce chaque nom comme si elle lisait une liste d'invités de marque.

— Raiponce Roquette!

Raiponce se lève pour répondre à l'appel.

Cendrillon se tourne vers Rose et la questionne du regard. Qu'est-ce qu'elle voulait leur dire? S'agit-il d'une bonne ou d'une mauvaise nouvelle? Rose désigne Raiponce du doigt sous son bureau en secouant la tête de gauche à droite. Cendrillon soupire. On dirait que les choses ne s'arrangent pas pour Raiponce.

En entendant son nom, Cendrillon se lève et fait une révérence.

— Présente! dit-elle.

Puis elle se rassoit en attendant patiemment que la professeure fasse les proclamations de la journée.

— Comme vous le savez, la période des examens approche. Je suis certaine que vous souhaitez toutes améliorer vos résultats, dit-elle en souriant à ses élèves. Je vous suggère donc de profiter du temps passé dans cette classe pour vous y préparer. En fait, vous devriez saisir toutes les occasions d'étudier, à l'école comme à la maison. Votre réussite aux examens dépend d'une seule chose : du temps que vous consacrerez à étudier.

Cendrillon a envie de se coucher la tête sur son pupitre. Quel temps? Elle a à peine le temps de venir à l'école! Comment en trouverait-elle pour étudier avant et après?

« C'est moi qui devrais être enfermée dans une tour, pense-t-elle. Au moins, j'aurais du temps pour moi! »

Lorsque Mme Garabaldi se lève pour aller s'asseoir à son bureau, les princesses ouvrent leurs livres. Blanche, Rose et Raiponce se rassemblent aussitôt autour du pupitre de Cendrillon.

— Ces sorcières ne sont pas les seules à nous créer des problèmes, chuchote Rose à ses amies. Mme Gothel a pratiquement calciné Raiponce, ce matin. Stéphane et moi l'avons fait sortir de justesse!

Rose raconte l'incident à Blanche et Cendrillon. Lorsqu'elle termine, les yeux de Blanche sont grands comme des soucoupes, et Cendrillon n'a plus vraiment envie de vivre dans une tour.

— Et ce n'est pas tout, dit Raiponce d'un air abattu. Mme Gothel agit comme si elle était vraiment ma mère!

Cendrillon fait la grimace. Elle ne pourrait pas supporter que Kastrid fasse semblant d'être sa mère. Et Kastrid n'est même pas une vraie sorcière.

Raiponce leur explique la confusion au sujet des lettres.

— Elle est folle de colère! dit-elle en tortillant sa tresse. Et quand elle saura que je suis encore sortie de la tour, elle sera encore plus déterminée à m'y enfermer pour toujours!

Tandis que Cendrillon se creuse la tête pour trouver quelque chose de réconfortant à dire, une sonnerie de trompette s'élève à la porte, annonçant un visiteur.

— Mille pardons, mesdames! s'exclame M. Lépistolier en surgissant dans la pièce, suivi d'un page transportant un panier plein de parchemins.

Mme Garabaldi se lève lentement pour accueillir ce visiteur inattendu.

— À quoi devons-nous l'honneur de votre visite, monsieur Lépistolier? dit-elle, bien qu'elle ne semble pas vraiment honorée.

— Ma bonne dame, je vous en conjure, accordez-moi un moment pour distribuer ces missives tardives. Je ne vous encombrerai pas longtemps de ma présence.

M. Lépistolier s'incline avec un sourire charmeur devant la professeure.

Mme Garabaldi ne lui rend pas son sourire, mais elle ne le renvoie pas non plus.

— Allez-y. Mais faites vite! déclare-t-elle en agitant dédaigneusement la main.

— Ah, gracieuse dame, que les étoiles…

— Vite! l'interrompt Mme Garabaldi.

Sans répliquer, M. Lépistolier prend les parchemins dans le panier et les distribue aux princesses.

— Ils n'y sont pas tous, chuchote-t-il aux élèves qui regardent le panier avec espoir. Une grande partie a été détruite par ces horribles grêlons!

Blanche s'empresse de dérouler le parchemin orange que lui tend le professeur.

— C'est une lettre d'Hugo Charmant! s'écrie-t-elle.

— Mais bien sûr, petite sotte, dit Cendrillon à voix basse. Tu lui as écrit, n'est-ce pas?

Mme Garabaldi ne lève pas les yeux, mais Cendrillon la voit hausser les sourcils.

— Oui, mais il veut me rencontrer près du puits à souhaits! marmonne Blanche. Et toi, Raiponce, qui t'a écrit?

Raiponce a un rouleau de parchemin sur son bureau. Elle le saisit d'un geste nerveux pour examiner le sceau. C'est un petit dragon.

— C'est de Stéphane! dit-elle, agréablement surprise.

— Mais ton correspondant est Olivier Églefin, non? demande Cendrillon.

— Tu connais Stéphane, dit Raiponce en brisant le sceau. Il a probablement...

Elle s'interrompt. Cendrillon lit le début de la lettre par-dessus son épaule.

Ma chère Rose...

— Ce n'est pas ta lettre, dit Cendrillon.

Raiponce doit s'en être aperçue au même moment, car elle enroule rapidement le parchemin et le pousse brusquement vers Rose. Cependant, Cendrillon a eu le temps de lire une autre phrase : *Il faut que je te parle seule.*

« Stéphane est vraiment bon prince, pense Cendrillon. Il s'inquiète pour Raiponce et veut probablement demander à Rose ce qu'il peut faire. »

Cendrillon sourit en se remémorant comment ce même groupe d'amis l'a aidée à traverser un mauvais moment. Ils vont faire la même chose pour Raiponce. Ensemble, ils peuvent tout réussir!

Raiponce n'en a pas l'air convaincue. Elle est assise devant Cendrillon, les yeux fixés en avant. Même si Cendrillon ne peut pas voir son visage, elle sait que son amie fronce les sourcils.

— Je vais aller à la tour lundi pour t'aider à t'enfuir, chuchote Cendrillon. Ne t'en fais pas, ajoute-t-elle en posant une main réconfortante sur l'épaule de Raiponce.

Avec tous ses devoirs, l'étude pour ses examens et ses corvées à la maison, Cendrillon ne sait pas comment elle réussira à se rendre chez son amie lundi. Coûte que coûte, elle va tenir sa promesse. Raiponce a besoin d'elle. Elle ne la laissera pas tomber.

Chapitre Dix
Solitude

Lorsque la dernière sonnerie retentit, Raiponce se lève lentement et suit les autres Chemises dans le couloir exceptionnellement suffocant. Elle a attendu tout l'après-midi la sonnerie annonçant la fin des cours, mais à présent, dans le couloir rempli d'élèves penchées sur leurs malles, elle se demande pourquoi elle avait si hâte. Elle n'a pas envie de rentrer chez elle, surtout avec ce soleil de plomb. Et si elle n'arrive pas à escalader la tour? Même si elle y parvient, la fin de semaine qui l'attend lui semble aussi invitante qu'un dragon menaçant.

Raiponce sort son tambour à broder de sa malle. Une fois terminé, son projet de couture donnera une bien piètre bourse, mais, pour le moment, elle peut s'en servir comme éventail. Elle cherche ses amies des yeux dans le couloir. Elle a besoin de se faire remonter le moral.

Rose se trouve à deux malles de là, entourée de ses admiratrices. Raiponce commence à lever la main quand elle se rappelle la lettre de Stéphane. Elle baisse vivement le bras comme si elle venait de se brûler. Comment a-t-elle pu oublier que Stéphane allait raccompagner Rose à la maison? Et seul, en plus!

Furieuse, elle se baisse pour ne pas être vue de Rose. C'est injuste. Stéphane l'accompagne à l'école depuis le premier jour. Et les princes sont censés être fidèles! En plus, il n'est pas seulement un prince : il est son ami, son plus vieil ami! Si elle ne peut pas compter sur Stéphane, sur qui le pourra-t-elle?

« Peut-être que Mme Gothel a raison », pense-t-elle avec tristesse. Elle a l'impression que sa vie se défait peu à peu, comme une tresse dénouée.

« Tu as d'autres amies », se dit-elle. Cendrillon a d'ailleurs proposé de l'aider à s'échapper lundi matin. Raiponce souffle sur sa frange qui colle à son front moite. Beaucoup de temps va s'écouler d'ici lundi. Elle a besoin de parler à quelqu'un maintenant.

Les couloirs se vident. Les princesses prennent leurs livres et leurs parchemins, et se dirigent vers les carrosses qui attendent dehors. Raiponce avance dans le couloir, à quelques pas derrière Rose. Cette dernière est passée devant elle sans même la remarquer.

Une fois dehors, Raiponce regarde Stéphane se présenter au père de Rose et à ses fées.

« Il essaie probablement de les convaincre de le laisser raccompagner Rose », pense Raiponce. Le père de Rose craint sûrement qu'elle ne trébuche et ne se cogne un orteil! Raiponce réprime un rire. Cela la rendrait folle de vivre sous un tel regard vigilant. Mais est-ce si différent de vivre emprisonnée dans une tour?

Même s'il a l'air inquiet, le père de Rose lui donne la permission de rentrer à pied avec Stéphane par le sentier qui mène à leur château. Raiponce remarque une petite fée bleue qui volette derrière les deux amis. Elle essaie d'en rire. Les parents de Rose la traitent vraiment comme un bébé! Cependant, elle ne parvient même pas à sourire. Elle a l'estomac noué, et la vue de Rose et Stéphane ensemble ne fait qu'empirer son malaise.

Cendrillon passe à côté d'elle dans un froufrou de taffetas élimé, les bras chargés de livres.

— J'aimerais t'accompagner, mais je dois préparer le thé et les petits fours pour la réception de Kastrid, s'excuse-t-elle. Et ensuite, je dois étudier!

Puis Cendrillon lui fait signe de la main, avant de s'éloigner au pas de course. Raiponce a envie de la rattraper pour lui dire à quel point elle est démoralisée. Elle fait quelques pas dans sa direction, puis s'arrête. Cendrillon saurait l'écouter, mais la pauvre fille a ses propres problèmes.

De plus, il y a une autre personne à qui Raiponce peut parler. Si elle n'est pas déjà partie…

— Est-ce qu'il est là? L'as-tu vu? demande Blanche de sa voix chantante, si douce à l'oreille de Raiponce.

Son amie vient de sortir du château et regarde au-delà des douves, dans la direction de l'École de charme.

— Qui? Stéphane? demande Raiponce.

— Mais non! gazouille Blanche. Hugo Charmant! L'as-tu vu près du puits à souhaits? Est-ce que je suis présentable? ajoute-t-elle en faisant une petite révérence.

Elle est très jolie, mais Raiponce a une boule dans la gorge, qui vient s'ajouter aux nœuds de son estomac.

— Tu es parfaite, dit Raiponce d'un air abattu.

Ne voulant pas gâcher la première rencontre de son amie avec son correspondant, elle garde ses problèmes pour elle et l'encourage à partir :

— Dépêche-toi d'aller au puits. Ton prince y sera sûrement bientôt.

Avec un petit rire, Blanche s'éloigne en gambadant. Raiponce reste immobile sur les marches de pierre chaudes, à regarder sa dernière amie partir. Elle n'a pas d'autre choix que de rentrer chez elle.

Elle avance d'un pas lourd sur le sentier. Le soleil cogne dur. Même si elle a retiré sa cape, elle étouffe dans sa robe et sent son chignon peser sur sa tête.

« Je n'ai jamais ressenti une telle chaleur, se dit-elle. Ni une telle solitude. »

Cette dernière pensée se répète sans fin dans sa tête.

Avant de fréquenter l'École des princesses, Raiponce ne savait pas ce qu'était la solitude. Elle avait été seule pendant la plus grande partie de sa vie, et elle trouvait cela normal. Elle était habituée à se distraire avec tout ce que le vent lui apportait par la fenêtre de la tour : des feuilles, des plumes, des graines de pissenlit... À cette époque, les araignées étaient ses plus fidèles compagnes. Puis, lorsqu'elle avait environ sept ans, Stéphane était apparu et l'avait convaincue de descendre.

Et cette année, elle a commencé à fréquenter l'école.

Maintenant qu'elle a goûté à l'amitié, tout a changé. Mais pas nécessairement pour le mieux.

En arrivant à la clairière, Raiponce regarde la tour en plissant les yeux. Le soleil est plus bas et beaucoup moins éclatant que ce matin. Lorsque la jeune fille s'approche de la tour et touche les pierres, elle s'aperçoit qu'elles sont encore très chaudes. Comme elle n'a pas d'autre endroit où aller, elle grimpe rapidement afin de ne pas se brûler les mains.

Après s'être hissée par la fenêtre, Raiponce s'écroule sur son lit. Bien qu'elle ferme les yeux, elle ne peut pas faire disparaître les pensées qui tourbillonnent dans sa tête. Elle voudrait cesser de penser pour un instant...

Lorsqu'elle ouvre de nouveau les yeux, son repas est sur la table : deux champignons vénéneux et une poignée de légumes non lavés. À côté, elle aperçoit un autre rouleau de parchemin.

Raiponce,

Larmes de crapaud! Tu as réussi à sortir de la tour malgré tous mes efforts. Les liens que tu entretiens avec tes amis doivent être très solides. Tu as raison. Je ne sais pas grand-chose de l'amitié. Mais toi non plus. Je vois tout avec mes yeux de sorcière. Si tu persistes à t'échapper, tu connaîtras un terrible sort.

Mme Gothel

Raiponce lance le parchemin à l'autre bout de la pièce avant même de lire le dernier mot. « Qu'est-ce que cette vieille mégère connaît de mes amis? » rage-t-elle.

Elle ramasse la lettre et la lit de nouveau.

« Larmes de crapaud, franchement! »

Elle saisit le bâton noirci dans la cheminée et le brandit comme une arme au-dessus de l'endos du parchemin. Alors qu'elle est sur le point de rédiger sa réponse, elle entend une voix dans sa tête. Pas sa propre voix en colère. Non, une voix différente, au langage fleuri : celle de M. Lépistolier!

« Ah, quel plaisir nous procure le raffinement de la courtoisie! » dit la voix de son professeur.

Un sourire se dessine lentement sur le visage de la jeune fille. Elle desserre ses doigts sur le stylet, et se met à écrire :

Chère Madame Gothel,

Quelle prévenance! Comment pourrais-je vous remercier de votre gentille lettre d'avertissement? Permettez-moi de vous assurer que votre offrande salée d'un amphibien attristé n'a rien à voir avec mon évasion de la tour. Quant à mes amis, je crois bien les connaître. Je suis certaine qu'ils me soutiendront en toute circonstance, car ils me sont souverainement fidèles.

Bien à vous,

Raiponce

Satisfaite, la jeune fille lisse le parchemin sur la table et le relit une dernière fois. Sa lettre est on ne peut plus courtoise. M. Lépistolier serait fier d'elle. Toutefois, elle se demande, le cœur serré, si elle a dit la vérité.

« Bien sûr que mes amis sont fidèles », se dit-elle pour se rassurer.

En un éclair, elle revoit Blanche, Rose et Cendrillon quitter l'école et s'éloigner d'elle. Il y a quelques jours seulement, Raiponce était sûre de leur amitié. Elle n'aurait jamais douté d'elles. Mais en ce moment, son univers est si bouleversé qu'elle n'est plus sûre de rien.

Chapitre Onze
Projet secret

— Tes parents sont vraiment protecteurs! s'exclame Stéphane d'un air étonné en désignant la fée bleue qui voltige autour de la tête de Rose.

La jeune fille éloigne la fée de la main comme s'il s'agissait d'une mouche importune.

— C'est le moins qu'on puisse dire, répond-elle. En fait, ça m'étonne qu'ils me laissent marcher dans les bois sans autres gardes du corps que Pétunia.

— Mademoiselle, vous êtes en sécurité en présence du prince que voici! dit le jeune homme en sortant un mouchoir de son gilet et en le faisant tournoyer avant de s'incliner.

Il se redresse avec un grand sourire.

Pétunia croise ses minuscules bras potelés avec un petit grognement. Elle n'est pas certaine de pouvoir faire confiance à ce « prince ».

Ce n'est pas le cas de Rose, qui contemple les pétillants yeux verts du garçon d'un air admiratif. Elle accepte le mouchoir avec reconnaissance et tamponne délicatement les gouttes de sueur sur son front. Elle a hâte de savoir ce que Stéphane veut lui dire. Mais il voulait lui parler seule... et ils ne sont pas encore seuls.

Rose adore Pétunia. C'est l'une de ses fées préférées. Pour l'instant, toutefois, elle doit s'en débarrasser. Jetant un coup d'œil à la fée, elle constate qu'elle transpire et vole plus lentement. La chaleur doit lui peser. Cela lui donne une idée. Elle soulève délicatement le mouchoir et la fée s'en approche avec gratitude pour s'essuyer le visage.

— Merci, ma chérie, dit la fée d'une petite voix, en s'enfouissant la tête dans le mouchoir.

Aussitôt que les yeux de la fée sont couverts, Rose regarde Stéphane en posant un doigt sur ses lèvres. Puis elle fait marcher ses doigts en désignant un buisson. Stéphane lui fait signe qu'il a compris. Rose recouvre tout le corps de la petite fée, des antennes aux orteils, avec le mouchoir.

— Aaah! Qu'est-ce qui se passe? Rose, où es-tu?

La petite voix de la fée est étouffée par le mouchoir de lin empesé, qui l'entraîne vers le sol. Rose étouffe un rire en se précipitant dans les buissons, Stéphane sur ses talons.

— Oh, doux ciel! Rose s'est fait kidnapper! crie Pétunia quand elle parvient à se dépêtrer du mouchoir. Il faut que j'avertisse le roi!

La petite fée dodue disparaît aussi vite que ses minuscules ailes le lui permettent. Dès qu'elle est partie, des rires éclatent dans le buisson en bordure du sentier.

— Je ne te savais pas capable d'une chose pareille! dit Stéphane d'un ton impressionné.

— Moi non plus, dit Rose en riant. Pauvre Pétunia!

Pliés en deux de rire, Stéphane et elle retournent en trébuchant sur le sentier.

— Bon, nous sommes vraiment seuls à présent. De quoi voulais-tu me parler? demande Rose. Et dépêche-toi! Pétunia ne tardera pas à avertir mon père de ma disparition.

Rose dépoussière ses jupes et jette un regard en biais au prince. Elle se sent toute drôle. D'habitude, elle déteste la compagnie des garçons. Ils sont tellement niais. Mais Stéphane est différent. À cause de ses yeux, bien sûr, mais aussi...

— Je me fais du souci pour Raiponce, dit le garçon.

Il n'y a plus aucune trace de rire dans sa voix. Il est vraiment préoccupé.

— Elle n'est pas elle-même, ces temps-ci, poursuit-il. Et avec Mme Gothel sur son dos en plus... Tu sais, avant, elle était tellement insouciante. Je ne m'inquiétais jamais à son sujet. Si quelqu'un est capable de faire face à une sorcière, c'est bien Raiponce! C'est toujours elle qui gagne quand nous nous battons! ajoute-t-il en rougissant et en détournant les yeux. Mais ça, c'était avant. Elle n'est plus aussi sûre d'elle, maintenant.

Rose hoche la tête. Elle a remarqué la même chose que lui. Elle est impressionnée de voir qu'il s'en est aperçu et qu'il s'en soucie à ce point.

— La première fois que j'ai rencontré Raiponce, reprend Stéphane, elle était seule depuis si longtemps qu'elle ne se rappelait pas avoir vu quelqu'un d'autre que Mme Gothel, à part une élève de l'école Grimm ou un bûcheron de passage sur le sentier. Elle pensait qu'elle m'avait inventé, que j'étais une création de son imagination! Elle avait l'habitude d'inventer toutes sortes de jeux pour faire passer le temps.

Stéphane saute sur un gros rocher au bord du chemin et détache une feuille d'une branche.

— Elle m'a montré comment fabriquer un cerf-volant avec une feuille et un cheveu.

Il arrache un de ses cheveux foncés pour lui faire une démonstration. Mais le cheveu est trop court et frisé pour qu'il puisse l'attacher à la feuille.

— Ça fonctionnait mieux avec ses cheveux, bien sûr. Elle inventait aussi des devinettes. Elle s'amusait d'un rien.

Rose hoche la tête en écoutant Stéphane. Elle n'avait jamais imaginé à quel point Raiponce était seule avant de connaître Stéphane.

— La plupart des enfants ont des jouets, des amis, des jardins, des écuries, continue le jeune homme. Ils ont plein de choses à faire. Raiponce n'avait rien ni personne. Savais-tu qu'elle n'avait jamais célébré son anniversaire? Elle ne connaît même pas sa date de naissance! Pourtant, je ne crois pas que ça la rendait triste. On ne peut pas s'ennuyer de ce qu'on ne connaît pas. Mais après notre rencontre, plus nous passions de temps ensemble, plus elle était heureuse.

Stéphane regarde Rose d'un air embarrassé, puis reprend :

— Et ce n'était rien à côté de ce qu'elle a éprouvé en se faisant des amies à l'École des princesses. Voilà pourquoi nous devons lui remonter le moral. Sinon, elle n'aura aucune chance contre la vieille sorcière. Je voudrais l'aider, mais je ne sais pas quoi faire.

Stéphane, qui avait accéléré le pas en parlant, s'arrête net, les bras pendants. Rose se cogne contre lui. Même si ses pieds cessent d'avancer, les idées continuent à se bousculer dans sa tête. Elle est renversée par ce qu'elle vient d'entendre.

« Pas une seule fête d'anniversaire? » Rose se sent soudain coupable. Elle a toujours pensé que Raiponce avait la vie facile : après tout, elle vit pratiquement seule, elle établit ses propres règlements et personne ne la surveille sans arrêt.

Cependant, ce matin, en voyant la pièce du sommet de la tour pour la première fois, Rose a été étonnée par ses petites dimensions. Et après avoir écouté Stéphane, elle voit les choses autrement. Même si elle déteste se faire choyer par ses parents ultraprotecteurs et ses fées casse-pieds, Rose ne peut pas imaginer ce que serait sa vie si personne n'était aux petits soins pour elle. C'est peut-être de cela que Raiponce a besoin : qu'on la dorlote.

— J'ai une idée! s'exclame-t-elle en saisissant le jeune prince par les épaules et en plongeant son regard dans ses yeux verts étonnés. Nous allons organiser une fête d'anniversaire. Une fête-surprise!

Stéphane en reste bouche bée. Il ne sait pas quoi dire, mais ce n'est pas nécessaire. Rose continue sur sa lancée.

— C'est parfait! s'écrie-t-elle en tapant des mains et en hâtant le pas. Blanche et Cendrillon vont adorer ça! Oh, ça me revient à l'esprit! Nous aurons bientôt à composer des invitations pour la Correspondance amicale. Nous pourrions inviter quelques princes, comme Hugo, Olivier et Antoine! Et toi, bien entendu! ajoute-t-elle en lui souriant par-dessus son épaule.

— Bonne idée! dit Stéphane avec un sourire. Mais il faudra se dépêcher!

— Cela pourrait se faire lundi, déclare-t-elle. Je peux en parler aux autres filles pendant la fin de semaine.

— Et moi, je pourrais t'enseigner quelques signaux lumineux pour que nous puissions communiquer à l'école, renchérit Stéphane, qui se laisse gagner par l'enthousiasme de la jeune fille. Ça devrait se dérouler comme un charme!

Le plan est parfait... à un détail près.

— Tout devrait bien aller, dit Rose d'un ton pensif, du moment que nos invitations parviennent à destination...

Chapitre Douze
Déluge

La première chose que Raiponce aperçoit à son réveil est un bol de glands et de laitue. Elle se frotte les yeux. Elle a rêvé de salade toute la nuit. Et maintenant, son cauchemar est dans un bol sur sa table de chevet.

— Il est à peu près temps que tu te réveilles! lance Mme Gothel d'une voix enrouée.

La sorcière est debout à côté de la table, les bras croisés, les pieds enveloppés de la fumée verte qui accompagne chacune de ses apparitions. Elle vient sûrement d'arriver.

La lumière voilée du matin entre par la fenêtre. Des rayons illuminent le parchemin posé sur la table.

— Est-ce que c'est pour moi? demande Mme Gothel en prenant la lettre courtoise que lui a écrite Raiponce la veille.

Elle tourne le dos à la jeune fille et se met à lire. Raiponce ouvre la bouche, puis la referme. Elle n'a rien à dire à cette vieille sorcière. Du moins, rien de gentil. En plus, elle est curieuse de voir sa réaction.

Il lui est d'abord difficile de savoir ce que Mme Gothel pense de sa note. Surtout avec le dos tourné. Puis les épaules osseuses de la sorcière se soulèvent jusqu'à ses oreilles. Son cou s'incline vers l'avant et Raiponce peut voir une grimace sur son visage. De toute évidence, Mme Gothel ne trouve pas ça drôle.

Soudain, la pièce s'assombrit. Un nuage cache le soleil matinal. Mme Gothel pivote sur elle-même pour faire face à Raiponce. Dehors, il commence à pleuvoir.

— Morve de troll! jure-t-elle. Que connais-tu de la fidélité? Tu as certainement une drôle de façon de démontrer la tienne!

Raiponce sent son estomac se serrer.

— Et vous, que savez-vous de mes amis? réplique-t-elle d'une voix ferme.

— Je ne les connais peut-être pas personnellement, mais je sais que tu ne les verras plus jamais, grogne Mme Gothel. Je ferai tout pour t'en empêcher.

Raiponce baisse les yeux. Elle voudrait retenir sa langue et laisser Mme Gothel mijoter dans son propre jus. Elle ne peut toutefois se retenir de marmonner :

— Vous ne connaissez rien à rien!

— Avant, je te connaissais bien, ma petite fille.

L'un des yeux de la sorcière rapetisse quand elle est fâchée. En ce moment, il est pratiquement fermé.

— Il y eut un temps où tu étais contente de me voir! ajoute-t-elle. Nous nous amusions, toi et moi. Ne te rappelles-tu donc rien de ce que je t'ai appris?

Mme Gothel avance ses doigts noueux vers la tresse de Raiponce. Elle saisit une longue mèche et la faufile entre ses doigts, laissant une petite ouverture pour que Raiponce y insère sa main. C'est sa façon de l'inviter à jouer au jeu des figures, que Raiponce adorait lorsqu'elle était petite. En ce moment, la jeune fille n'a pas envie de jouer.

Elle reprend brusquement sa mèche et se met à tortiller adroitement sa chevelure en torsade diadème. Quoiqu'elle ne regarde pas la sorcière, elle peut l'entendre jurer et rager.

— Mille moucherons! Quand je pense que je t'ai enseigné le secret de mes meilleures potions! Et maintenant, tu joues à la princesse avec tes coiffures compliquées et ton langage fleuri! Je… je ne te reconnais plus! crache-t-elle.

— Vous ne m'avez peut-être jamais connue! rétorque Raiponce.

Les yeux de Mme Gothel lancent des éclairs. Sans attendre que la jeune fille défasse sa coiffure pour la faire descendre sous la pluie, elle lève les bras et disparaît dans un nuage de fumée.

— Bon débarras! marmonne Raiponce en se jetant sur son dur matelas de paille.

Malheureusement, aggraver la colère de Mme Gothel n'a pas amélioré l'humeur de Raiponce. Elle sait que ce n'est pas une bonne idée de contrarier la sorcière. Elle n'en sera que plus déterminée à enfermer Raiponce dans la tour.

Pendant le long après-midi et la soirée, la jeune fille essaie d'étudier pour ses examens.

« Après tous les efforts que j'ai faits pour rester à l'École des princesses, je ne peux pas échouer », se dit-elle avec un sourire forcé. Cependant, elle n'arrive pas à se concentrer. Il n'y a pas de place dans son esprit pour mémoriser les noms d'anciens monarques. Ses pensées sont monopolisées par l'inquiétude. Elle a peur de ne jamais revoir ses amis, ni son école.

De temps à autre, elle va à la fenêtre et regarde la pluie tomber. On dirait qu'elle ne cessera jamais. Au pied de la tour, des flaques d'eau se joignent et commencent à se répandre. L'eau se met à monter le long de la façade de pierre.

Lorsque Mme Gothel apporte une soupe d'oseille aigre pour le repas du soir, les glands et la laitue du matin sont toujours là, ramollis, à l'endroit où elle les avait déposés.

Raiponce a caché ses livres sous son matelas et fait semblant de dormir. Elle entend Mme Gothel s'asseoir sur son petit tabouret et pousser un soupir.

La jeune fille doit s'être réellement endormie, car elle constate en ouvrant les yeux que le matin est arrivé. Bien qu'elle puisse entendre la pluie tomber sur le toit de chaume, elle se précipite à la fenêtre, espérant une accalmie. En constatant que les choses ont empiré durant la nuit, ses épaules s'affaissent et sa tête s'incline.

Au pied de la tour, le niveau de l'eau a encore monté. La forêt environnante est maintenant totalement inondée.

L'eau tourbillonnante a emporté les fleurs et presque submergé les buissons et les arbustes.

« Je ne pourrai jamais me rendre à l'école », pense Raiponce en observant les flots bouillonnants. Même si ses amis sont aussi fidèles qu'elle l'espère, comment pourraient-ils s'approcher de la tour à présent?

La jeune fille regarde la pluie tomber pendant toute la fin de semaine. Elle n'essaie même plus d'étudier. Elle renonce à manger et ne tente plus de se cacher de Mme Gothel. Lorsque la sorcière lui apporte ses deux repas le dimanche, elle ne fait pas semblant de dormir. Elle ne fait rien d'autre que regarder fixement la pluie par la fenêtre avec un air abattu.

Le lundi matin, Mme Gothel arrive dans un petit canot gris et rouge qu'elle attache au mur de la tour avec l'une des tresses de Raiponce.

— Vas-tu finir par te résigner? ricane-t-elle en lançant de la laitue flétrie, quelques noix et des baies dans le bol de la jeune fille.

— Jamais! déclare Raiponce d'une voix forte, même si elle se sent fléchir.

En fait, elle a presque abandonné la partie. Même si elle avait l'intention de nager jusqu'à l'école ce matin, avec ou sans ses amis, elle a changé d'avis en jetant un coup d'œil aux flots tourbillonnants.

Une fois Mme Gothel partie, Raiponce appuie son menton dans sa main.

« Il est impossible que Blanche, Cendrillon, Rose ou Stéphane parviennent jusqu'ici avec ce temps effroyable. »

Elle voudrait être réconfortée par cette pensée, mais elle n'arrive pas à se convaincre que ses amis seraient venus s'ils l'avaient pu. Elle se sent seule et abandonnée.

Le vent fait entrer la pluie par la fenêtre. Les jupes de Raiponce sont trempées et les gouttes de pluie coulent sur ses joues comme des larmes. En plissant les yeux, elle observe le mauvais temps qui fait rage à l'extérieur. Soudain, elle a une exclamation de surprise. Elle peut distinguer une lueur, droit devant elle.

Elle reste bouche bée en voyant un bateau de couleur violacée s'approcher. On dirait une aubergine. Une étrange femme à la silhouette chatoyante est à la barre, tenant entre ses mains... une meule de fromage en guise de gouvernail.

— Tiens bon, ma chérie! lance la femme, qui tourne la meule de fromage d'un côté et de l'autre pour diriger l'embarcation entre les arbres et les branches à la dérive.

Raiponce n'est pas certaine de savoir à qui elle parle, mais cette femme devrait suivre son propre conseil. Tout en zigzaguant vers la tour dans l'eau glacée, l'aubergine flottante tourne dans toutes les directions et risque de se renverser.

— Raiponce! s'écrie une voix familière.

Derrière la femme, Raiponce aperçoit les visages souriants de Stéphane et Cendrillon. Cette dernière lui fait des signes frénétiques.

Soudain, l'embarcation heurte un obstacle.

— Oh! Attention, Lurlina! crie Cendrillon, qui a été projetée en avant.

Alors que le bateau est sur le point de percuter la tour, Stéphane se penche et fait dévier l'embarcation en poussant de la main sur le mur de pierre. Cendrillon se remet debout en souriant.

— Ohé! s'écrie-t-elle.

Raiponce sourit à son amie, puis s'empare de ses livres et de sa cape avant de sauter à bord du bateau. Ce n'est pas un sauvetage en règle, mais c'est mieux que rien!

Chapitre Treize

La voie des airs

Blanche sort de sa maison en gambadant. Elle s'étire et regarde le ciel. Il y a de l'électricité dans l'air. Au-dessus de la cime des arbres, les nuages sont d'un gris verdâtre menaçant.

— Heureusement qu'il a cessé de pleuvoir! gazouille la jeune fille.

Tout près d'elle, deux oiseaux bleus sont occupés à tirer des vers du sol détrempé.

— Bonjour! leur lance Blanche d'une voix joyeuse.

Les oiseaux la regardent un instant, puis reprennent leur tâche. Il a plu toute la fin de semaine, et ils ne savent pas ce qui les attend aujourd'hui. Ils n'ont pas le temps de chanter avec Blanche ce matin. Ils doivent trouver de la nourriture et rentrer au nid!

— Au revoir! leur dit Blanche en les voyant s'envoler.

Les oiseaux et les nuages gris ne suffisent pas à démoraliser Blanche. Elle a passé une fin de semaine merveilleuse, à commencer par son rendez-vous avec le prince Charmant au puits à souhaits. Hugo est encore

85

plus adorable que les nains! Ensuite, samedi matin, Rose et deux de ses fées sont venues à la maisonnette pour lui faire part d'une nouvelle palpitante.

Rien qu'à y penser, Blanche a un sourire radieux. Rose veut organiser une fête-surprise pour Raiponce. Blanche adore les surprises.

— S'il te plaît, est-ce que je peux préparer la nourriture? a-t-elle demandé à Rose.

Son amie a aussitôt accepté. Blanche n'a pas perdu de temps. Elle a passé le reste de la fin de semaine à peler, remuer, bouillir, griller... Les nains voulaient l'aider, mais Blanche a refusé. Elle voulait tout faire elle-même en guise de cadeau pour Raiponce. Elle s'est tellement amusée à faire la cuisine qu'elle en a presque oublié d'étudier! Heureusement, Simplet et Grincheux étaient prêts à lui donner un coup de main. Ils ont tenu ses livres à tour de rôle pour qu'elle puisse lire tout en abaissant la pâte ou en battant les œufs.

Avec toutes ses occupations et la pluie incessante, Blanche n'a pas mis les pieds dehors en deux jours!

— Je me demande comment vont mes amis de la forêt? dit-elle à voix haute.

Son sourire s'évanouit dès qu'elle a prononcé ces mots. Elle avait oublié les animaux de la forêt. Le mauvais temps les a tout particulièrement affligés, ces derniers jours. Elle veut s'assurer que ses bêtes préférées vont bien.

Relevant ses jupes un peu plus haut, la jeune fille avance doucement sur le sol mouillé. Elle accélère le pas avec l'intention de rendre visite à quelques-uns de ses amis à fourrure et à plumes sur le chemin de l'école.

— Rouge-gorge! roucoule-t-elle en s'arrêtant près d'un nid bas perché. Comment va ton aile?

L'aile du petit oiseau vient à peine de guérir. Il semble en forme, même s'il est plutôt nerveux. Blanche caresse ses plumes, puis poursuit son chemin en gambadant.

— Es-tu là, petit faon? dit-elle doucement devant un bosquet.

Un jeune cerf sort timidement la tête. Bien qu'il frissonne, il semble indemne.

— As-tu froid? demande Blanche en touchant sa douce fourrure. Mais tu es trempé!

Elle s'arrête ensuite à un terrier où elle trouve des lapins blottis les uns contre les autres pour se tenir au chaud.

— Quelqu'un doit empêcher ces vilaines sorcières de Grimm de s'amuser à détraquer le temps! s'exclame la jeune fille en tapant du pied.

Son pied chaussé d'une fine pantoufle atterrit dans la boue avec un bruit de succion embarrassant. Pendant un moment, Blanche voudrait être capable d'arrêter les élèves de Grimm à elle seule. Puis elle rit à cette pensée ridicule. Comment pourrait-elle tenir tête à toutes ces sorcières, elle qui n'ose même pas passer devant la grille de l'école Grimm? De plus, même si elle en avait le courage, elle n'en aurait pas le temps avec les préparatifs de la fête et les examens qui approchent.

Courant et glissant sur le sentier boueux, la jeune fille

se hâte vers l'école. Elle pense à Raiponce, enfermée avec cette horrible sorcière toute la fin de semaine. Elle se demande si elle va bien. Pourvu qu'elle ait pu s'évader ce matin! Blanche a l'impression d'avoir beaucoup de sujets d'inquiétude ces derniers temps. Mais elle ne se tracasse jamais bien longtemps. Elle trouve toujours une raison de se réjouir. Aujourd'hui, c'est la fête-surprise!

Au moment où les flèches de l'École des princesses s'élèvent devant elle, Blanche aperçoit Cendrillon et Rose qui discutent avec une autre élève sur les marches. Même si la troisième fille a le dos tourné, Blanche bat des mains en reconnaissant son lourd chignon. Raiponce est parvenue à s'échapper!

— Youpi! Tu as réussi! crie Blanche en se précipitant vers ses amies.

— Tu aurais dû voir ça, dit Raiponce, les yeux pétillants. Il y avait de l'eau pratiquement jusqu'à ma fenêtre! Et c'est un énorme légume violet qui est venu en flottant à ma rescousse!

— Lurlina est douée avec les légumes, dit Cendrillon d'un ton modeste. Tu devrais voir ce qu'elle peut faire avec une tomate!

— La fée marraine de Cendrillon est de retour, explique Rose à Blanche.

— Et juste au bon moment! ajoute Cendrillon. Elle a fabriqué un bateau pour aider Raiponce à s'enfuir.

— Bravo! s'exclame Blanche en serrant ses bras contre sa poitrine. Si tu n'étais pas venue à l'école, nous aurions dû annuler la fê...

Rose l'interrompt en se plaçant devant elle :

— Dis donc, Cendrillon, comment se fait-il que tu aies une fée comme marraine? demande-t-elle d'une voix forte en jetant un regard d'avertissement à Blanche par-dessus son épaule.

— Oh, je... il faut que je change de chaussures! dit Blanche en se plaquant une main sur la bouche avant de se précipiter vers la porte.

Elle a presque gâché la surprise dès le premier instant où elle a vu Raiponce. C'est tellement énervant!

« Je n'ai jamais su tenir un secret », songe Blanche. Il va falloir qu'elle garde ses distances si elle veut que la fête demeure une surprise.

Rester à l'écart de Raiponce est plus difficile qu'elle ne le croyait. En classe, Blanche se penche sur ses livres et essaie de ne pas regarder ses amies. Elle réussit à garder le silence, mais ne peut pas réprimer un sourire radieux.

— Pssst! Blanche! chuchote Raiponce en se penchant vers son amie aux cheveux d'ébène. Est-ce qu'un duc est le quatrième ou le cinquième prétendant à la couronne dans un royaume où il n'y a pas d'héritier?

Blanche avale sa salive et jette un coup d'œil à Raiponce. Le regard interrogateur de son amie est plus qu'elle n'en peut supporter. Elle serre les dents pour ne pas laisser échapper le secret qui menace de jaillir de sa bouche.

— As-tu perdu ta langue? demande Raiponce avec un regard en biais.

Blanche a les yeux rivés sur son pupitre. Enfin, la sonnerie retentit. Blanche se lève d'un bond et court vers sa malle. Elle l'a échappé belle.

Les choses se compliquent pendant le cours de Correspondance amicale. Non seulement Blanche doit garder la fête secrète, mais elle doit également rédiger une invitation pour Hugo Charmant à l'insu de Raiponce. Elle se penche sur son bureau en laissant retomber sa chevelure noire comme un rideau. Elle se hâte de terminer la lettre, sans prendre la peine de soigner son écriture. Elle jette un regard aux alentours pour s'assurer que personne ne la regarde, puis scelle le parchemin en poussant un soupir de soulagement.

M. Lépistolier est étrangement silencieux ce matin. D'habitude, il se promène dans la classe en s'exclamant devant un sceau particulièrement joli ou une phrase bien tournée. Aujourd'hui, il se contente de rester en avant, à regarder par la fenêtre en triturant sa barbiche.

Une fois que les missives sont prêtes à être expédiées, le professeur conduit ses élèves à l'extérieur. Le groupe descend l'escalier en spirale, puis traverse le majestueux hall. Blanche reste à l'arrière. Elle ne veut pas marcher à côté de Raiponce.

Les portes de l'école s'ouvrent avec un bruit feutré. Dehors, les nuages semblent plus bas et plus sombres qu'au début de la matinée. Mais l'air lourd ne change rien à l'exubérance de Blanche. Elle franchit les flaques d'eau en bondissant comme un lapin. Lorsque Raiponce s'arrête pour poser une question à M. Lépistolier,

Blanche se précipite en avant pour rattraper Rose et Cendrillon.

— Pensez-vous qu'elle se doute de quelque chose? chuchote-t-elle.

Ses deux amies jettent un coup d'œil à Raiponce. Elles ne savent pas quelle question la jeune fille a posée au professeur, mais la réponse de celui-ci semble lui déplaire.

— Je ne crois pas, dit Rose. Mais restons ensemble jusqu'à ce que nos invitations soient parties. Il ne faut pas gâcher la surprise.

Le groupe arrive au saule. Dans ses branches est perchée une volée de colombes qu'on entend doucement roucouler.

— Oh, des colombes! dit Blanche en riant.

Elle va enfin expédier une lettre par la voie des airs.

Se serrant l'une contre l'autre, Blanche, Cendrillon et Rose attachent chacune leur parchemin à la patte d'un oiseau.

— J'ai invité Olivier, explique Rose. Stéphane est déjà au courant pour la fête.

Cendrillon hoche la tête. Blanche laisse échapper un petit rire, puis jette un regard par-dessus son épaule et voit Raiponce froncer les sourcils.

— Raiponce a vraiment besoin de cette fête, chuchote-t-elle à ses amies. J'espère que ça va marcher!

— Moi aussi, dit Rose d'un air grave en tenant sa colombe sur son index. Les princes doivent recevoir leur invitation aujourd'hui!

En voyant Raiponce s'approcher d'elles, les trois filles interrompent leur conversation.

— Est-ce qu'il est bientôt l'heure de manger? demande Raiponce d'un ton maussade. Je suis affamée. Et j'espère que ce n'est pas de la salade. Je ferais n'importe quoi pour une pointe de tarte!

Cendrillon, Rose et Blanche échangent un regard complice.

Blanche soulève sa colombe dans les airs et la regarde s'envoler vers les nuages sombres. Elle se mord la lèvre inférieure pour se retenir de décrire à Raiponce les délicieuses tartes aux pommes et aux baies qu'elle a préparées pour la fête!

Chapitre Quatorze
Signal d'alarme

Raiponce est de très mauvaise humeur. Son expression est aussi sombre que les nuages orageux qui planent au-dessus de l'École des princesses. Elle a grommelé tout le long du repas dans la salle à manger. Et maintenant, assise devant sa coiffeuse dans le cours Glace et reflets, elle fixe son miroir d'un regard si hargneux qu'il est étonnant que la glace ne se fendille pas.

Rose sait que les problèmes de son amie rendraient n'importe quelle princesse furieuse. Mais Raiponce est carrément enragée. Rose espère que la fête suffira à lui remonter le moral... et surtout, que Raiponce ne posera aucun geste radical d'ici là!

Dans les circonstances, la tactique de Blanche, qui cherche à éviter Raiponce jusqu'au moment de la fête, semble une bonne idée. Rose fait pivoter son tabouret rembourré de façon à ne pas voir Raiponce.

Tandis qu'elle fixe une boucle de cheveux en spirale sur sa nuque, un éclair de lumière dans son miroir lui fait fermer brièvement les yeux. Qu'est-ce que c'était? Un deuxième éclair illumine le miroir, suivi de deux autres. C'est un signal de Stéphane!

Rose jette un coup d'œil à Raiponce pour voir si elle a remarqué quelque chose. Toutes les élèves sont occupées à se friser les cheveux. C'est une tâche pratiquement impossible pour quelqu'un comme Blanche, dont la chevelure est lisse et droite!

Glissant de son coussin, Rose se rend à la fenêtre. Un bocal de cristal taillé rempli de peignes est posé sur le rebord. Rose fait semblant d'y prendre un peigne en jetant un regard à l'extérieur. C'est bien Stéphane. Debout sur la pelouse de l'École de charme, il utilise sa boucle de ceinture brillante pour réfléchir les rayons du soleil. Comme l'orage menace toujours, il doit attendre qu'il y ait des trouées dans le ciel couvert.

« Il doit être désespéré pour tenter de communiquer avec moi par ce temps! » se dit Rose. Elle se creuse la cervelle pour se rappeler le code qu'il a tenté de lui enseigner pendant leur courte promenade.

« Est-ce que deux éclairs signifient "rendez-vous à l'écurie"? Ou bien est-ce deux rapides et un long? » se demande la jeune fille. Elle n'arrive pas à s'en souvenir. Il n'y a qu'une seule autre personne qui est au courant.

Raiponce tente de friser une mèche de sa longue chevelure à l'aide d'un fer chaud. Elle a dû l'enrouler tellement de fois autour du métal qu'on dirait une balle de laine. La jeune fille est en train de dérouler la mèche quand Rose s'approche d'elle. Seule une longueur de deux centimètres est frisée à l'extrémité. Le reste est demeuré lisse et droit.

— Très réussi, dit Raiponce d'un ton sarcastique.

— Je préfère tes cheveux tressés, de toute façon, dit Rose en lui adressant un grand sourire.

Raiponce lève les yeux au ciel.

— Et tes cheveux, comment Stéphane les aime-t-il? raille-t-elle.

Cela va être plus compliqué que Rose ne le prévoyait. Elle se doutait bien que Raiponce lui en voulait de sa promenade avec Stéphane, mais elle espérait que ce serait vite oublié. Surtout qu'ils n'ont fait que parler de Raiponce!

— Stéphane ne discute pas de cheveux, dit-elle d'un ton désinvolte. Mais il m'a parlé du code que vous avez inventé. Je pense que c'est vraiment génial de pouvoir communiquer, même si vous êtes dans deux écoles différentes. Comment as-tu trouvé cette idée?

— Je ne sais pas, dit Raiponce en lui jetant un coup d'œil soupçonneux. C'est arrivé comme ça.

— C'est très astucieux, insiste Rose du ton qu'elle utilise généralement quand elle veut convaincre ses parents.

Elle sait que la flatterie est un outil très efficace, mais elle ne l'a jamais testé auprès de Raiponce. Son amie a l'air suprêmement ennuyée!

— Peux-tu me décrire quelques signaux? reprend-elle.

— C'est facile, dit Raiponce en déposant sa brosse sur la coiffeuse. N'importe qui peut le faire. Un éclair veut dire « oui » et deux éclairs « non ». C'est très simple, conclut-elle avec un soupir.

Des éclairs luisent dans le miroir derrière Raiponce : deux longs et deux courts. Rose espère que son amie n'a rien vu. Elle doit absolument déchiffrer le message de Stéphane avant que Raiponce s'en rende compte.

— Alors, deux longs et deux courts, ça signifierait quoi? demande-t-elle avec l'impression d'avoir un sourire plaqué sur la figure.

Raiponce plisse les yeux. Elle se doute de quelque chose.

— Ça voudrait dire qu'il y a un problème. Pourquoi?

— Oh, pour rien, dit Rose en rougissant, avec un geste désinvolte de la main.

— Qui a un problème? demande Cendrillon en penchant la tête sur le côté du miroir.

Ses boucles blondes retombent en cascade autour de son visage.

— Personne! s'empresse de répondre Rose, heureuse de cette intervention. Tes cheveux sont superbes. Il ne te manque qu'un peigne au-dessus de l'oreille. J'en ai vu un orné d'un papillon.

Elle conduit Cendrillon à la fenêtre.

— Il y a un pépin, chuchote-t-elle lorsqu'elles sont loin de Raiponce. Stéphane m'a envoyé un message.

Pendant que Cendrillon fait semblant de fouiller parmi les peignes, Rose regarde dehors, dans la direction de l'École de charme. Quand Stéphane l'aperçoit à la fenêtre, il laisse tomber sa boucle de ceinture et fait des signes frénétiques avec ses mains. Il lève trois doigts, puis deux. Il en montre de nouveau trois, puis en cache un de son autre main. Enfin, il sort un parchemin de sa poche, puis fait des gestes comme un magicien qui fait disparaître un objet.

— Ce sont les invitations, chuchote Rose d'un ton nerveux en voyant ses pires craintes confirmées. L'une d'elles a disparu!

Chapitre Quinze
Changement de décor

Raiponce réfléchit à toute vitesse. Tout est si étrange en ce moment, à commencer par le temps et le comportement de ses amies. N'est-ce pas assez d'avoir à endurer une sorcière à la maison? Pourquoi faut-il que tout se mette à se détraquer en même temps?

Tout en se dirigeant vers le local d'autodéfense, Raiponce est heureuse de devoir s'acquitter de la corvée de princesse qu'on lui a assignée. Aujourd'hui, il n'y aura pas d'exercice d'évasion du loup. Elle sera seule dans la salle à s'occuper du changement de décor. Peut-être à cause de son isolement durant son enfance, Raiponce réfléchit mieux dans la solitude. Et elle a beaucoup de sujets de réflexion en ce moment.

— Raiponce, attends-moi! crie Ariane, la fille du meunier, qui court vers elle dans le couloir. Je suis chargée des décors, moi aussi! J'ai vu ton nom sur la liste. C'est bien d'avoir une période libre, non? J'ai tellement étudié ces derniers temps. Ce n'est pas que je m'inquiète pour les examens! Mon père dit que je peux réussir n'importe quoi! Je suis certaine d'avoir une bonne note!

Raiponce regarde la jeune fille qui bavarde à ses côtés. Adieu, période de réflexion! Ariane est une vraie pie. De plus, elle se vante sans arrêt.

« Un jour, sa vantardise va lui jouer des tours », pense Raiponce. Elle ouvre la porte de la grande salle où les élèves apprennent à se défendre. Un décor de forêt est en place : des arbres, des buissons et des rochers sont disposés tout autour de la pièce pour simuler un sentier forestier. Le décor doit être démonté et remplacé par un décor de village.

— Aimerais-tu voir ma gambade-croc-en-jambe, Raiponce? demande Ariane en observant la forêt. C'est pratiquement un saut périlleux. Mon père dit que je serais capable d'affronter une meute de loups et un bûcheron!

Raiponce traîne un buisson jusqu'au local d'entreposage. « Si je ne lui réponds pas, elle arrêtera peut-être de parler », pense Raiponce. Sa tête est déjà assez encombrée sans les vantardises d'Ariane!

Elle pousse le buisson jusqu'au fond du cagibi, puis en sort une fausse devanture qui sert à simuler une petite rue de village.

— J'ai entendu dire qu'on s'attaquerait à des rats et à des joueurs de pipeau au prochain cours d'autodéfense, reprend Ariane. Ça ne devrait pas me poser de problème. Je n'ai pas peur des rats. Et mon père dit que je suis douée pour la musique. Je suis un vrai rossignol, d'après lui.

Ariane continue de parler. Toutefois, en interposant des accessoires entre elle-même et ce moulin à paroles, Raiponce parvient à se concentrer sur ses pensées et non sur le bavardage incessant de sa camarade. Mais quand ses pensées reviennent à ses doutes au sujet de ses amis et de Mme Gothel, Raiponce voudrait qu'elles soient de nouveau enterrées par la voix d'Ariane.

Elle se sent à la fois troublée, triste et fâchée. Elle ne veut pas que Mme Gothel ait raison en ce qui concerne ses amis, mais peut-être qu'elle a vu juste et qu'ils vont l'abandonner. Comme ses parents...

« Cendrillon et Lurlina sont tout de même venues me secourir », se dit-elle. Elle leur en est reconnaissante. Cependant, Cendrillon lui semble distante depuis ce matin. Et qu'est-ce qui se passe avec Rose? Comme si ce n'était pas suffisant qu'elle se fasse raccompagner par Stéphane en laissant Raiponce marcher seule, elle veut maintenant connaître leur code secret! Le code que Raiponce a elle-même inventé!

Quant à Blanche, elle a toujours agi de façon étrange, peut-être parce qu'elle vit avec les nains. Mais c'est pire aujourd'hui : chaque fois que son amie la regarde, on dirait qu'elle avalé un crapaud.

Aïe! Raiponce vient d'échapper un montant sur son pied. Elle aurait cru que Blanche, plus que quiconque, comprendrait ce que c'est que de vivre avec une sorcière. Mais ce qui a été pire que tout, c'est lorsque ses trois amies l'ont complètement ignorée pendant le cours de Correspondance amicale. Elles lui ont tourné le dos et ne lui ont pas proposé d'attacher son parchemin en même temps qu'elles. À l'avenir, elle ferait aussi bien de rester dans sa tour si c'est ainsi que ses amies ont l'intention de la traiter.

Tout ce qu'elle voulait, c'était leur parler de l'horrible nourriture et des lettres apportées par Mme Gothel. Elle a essayé de leur en glisser un mot pendant le repas du midi. Elle a commencé en disant qu'elle n'avait pas réussi à étudier.

— Je vais devoir passer au moins deux heures à la bibliothèque royale après l'école, leur a-t-elle confié.

Elle les a alors vues échanger des sourires, comme si elles se réjouissaient de ses difficultés! Et aucune ne lui a répondu. Elle a eu l'impression que ses amies ne l'écoutaient pas. Pire encore, qu'elles ne se souciaient plus d'elle! Devant leur réaction, elle a décidé de ne plus ouvrir la bouche.

Ariane, de son côté, ne ferme jamais la sienne :

— Je crois que c'est le plus beau décor de village que j'ai vu, dit-elle. À l'exception du montant qui est de travers, là-bas. C'est toi qui l'as installé, n'est-ce pas? Ne t'en fais pas, je vais le redresser. Mon père dit que j'ai l'œil pour la décoration. Je peux détecter le moindre défaut.

Tout en rangeant le dernier arbre dans le cagibi, Raiponce repense aux paroles de Mme Gothel : « Si tu persistes à t'échapper, tu connaîtras un terrible sort. » La froideur de ses amies serait-elle le sort dont parlait la sorcière? Elle l'a avertie que ses amis la trahiraient et l'oublieraient. Est-ce cela qui est en train de se produire?

— Non, dit-elle à voix haute.

— Oh oui! rétorque Ariane avec vigueur. Je peux même détecter un grain de sable sous vingt matelas.

— Je n'y crois pas, se répète Raiponce.

— C'est vrai! insiste Ariane derrière elle.

Raiponce ne l'entend pas. Époussetant ses jupes de la main, elle se dirige vers la porte. Elle doit donner une autre chance à ses amies. Tout ce dont elle a besoin, c'est de passer un moment seule avec l'une d'elles. Juste quelques minutes. Après, cela ira mieux.

La trompette fait entendre sa sonnerie au moment où la jeune fille emprunte le couloir rempli de jupes tournoyantes et de voix douces. Elle repère aussitôt Blanche et Rose qui se dirigent vers la sortie, mais elles sont trop loin pour qu'elle les rattrape.

Elle attend donc près de la malle de Cendrillon, en observant les dernières élèves défiler dans le couloir. Toujours pas de Cendrillon. Raiponce a soudain une pensée horrible : ses amies font peut-être exprès de l'éviter!

Découragée, Raiponce sort ses parchemins et ses livres de sa malle et laisse retomber le couvercle avec fracas. « Tant pis! se dit-elle. Je n'ai pas besoin de ces traîtresses! Je n'ai besoin de personne! »

Elle marche d'un pas lourd vers la coupole de la bibliothèque royale. Elle ouvre la porte d'un coup sec et

a la surprise de se retrouver face à un visage connu :
celui de Cendrillon.

— Ah! Tu es là! dit son amie en souriant. J'espérais
trouver quelqu'un avec qui étudier.

Raiponce sent sa colère fondre en voyant Cendrillon.
Elle voudrait tellement s'être trompée au sujet de ses
amies. Elle aimerait discuter avec l'une d'elles du
tourbillon d'émotions où elle a été plongée ces derniers
jours.

— Je suis contente que tu sois ici, dit-elle en suivant
Cendrillon jusqu'à une table ronde de bois sculpté.

L'immense salle à plusieurs niveaux est silencieuse.
De grandes bannières de couleurs pastel pendent des
balustrades du deuxième étage. Tout autour de la pièce
circulaire, des multitudes d'étagères chargées de livres
sont disposées comme les rayons d'une roue.

— Moi aussi, dit Cendrillon. C'est ma seule chance
d'étudier pour les examens. J'ai été si occupée par mes
corvées que je n'ai pas eu une seule minute à moi! Tu es
tellement chanceuse de vivre seule!

Raiponce pousse un grognement. Son amie n'est
sûrement pas sérieuse!

Cendrillon s'assoit gracieusement dans un fauteuil à
haut dossier, ouvre un livre et commence à lire avec une
expression concentrée.

S'affalant dans son propre fauteuil, Raiponce sent la
frustration l'envahir de nouveau. Elle étale ses textes sur
la table avec un soupir et se met à lire en silence.

Chapitre Seize
Blanche voit rouge

Blanche mordille l'ongle de son pouce en cherchant nerveusement Stéphane des yeux. Rose et elle attendent sur le pont-levis de l'école.

— Il va venir, la rassure Rose en s'appuyant sur la balustrade. Je suis presque certaine qu'il voulait dire « pont », ajoute-t-elle en levant les bras pour imiter les gestes de Stéphane.

Blanche hoche la tête et essaie de sourire. À l'approche de la fête, son excitation s'est transformée en nervosité. Elle craint que tout ne tourne mal. Depuis que Rose lui a appris la disparition d'une des invitations, Blanche s'efforce de ne pas paniquer.

« Elle pourrait être n'importe où, pense-t-elle en portant les mains à ses lèvres de couleur rubis. Les colombes l'ont peut-être donnée à Raiponce et gâché la surprise. Ou pire encore, la lettre pourrait se retrouver entre les griffes d'une sorcière de Grimm! »

Les nuages se sont accumulés depuis ce matin et semblent encore plus sombres. Blanche croit entendre un grondement de tonnerre au loin.

— Hé! Mais tu trembles! s'exclame Rose en lui mettant une main sur l'épaule. Ne t'affole pas, Blanche. Stéphane est en route et Cendrillon est avec Raiponce. Nous avons tout le temps nécessaire pour apporter la nourriture à la tour. Raiponce ne se doute de rien.

Les paroles rassurantes de Rose réconfortent Blanche quelque peu. Elle prend une grande inspiration et laisse retomber ses mains. Elle admire le calme de son amie. De plus, Rose a raison. Cendrillon est auprès de Raiponce à la bibliothèque. Elle doit la retenir pendant au moins une heure. Ils ont le temps de tout préparer.

— Excusez mon retard! lance Stéphane, qui arrive en courant sur le sentier.

Il s'incline devant les jeunes filles en soulevant sa couronne.

— Il fallait que j'explique aux autres princes comment se rendre à la tour, reprend-il. Ils m'ont chargé de vous dire qu'ils sont honorés de votre invitation et seront heureux d'assister à la fête.

— As-tu trouvé l'invitation manquante? demande Rose.

— Non, Olivier ne l'a jamais reçue. Mais il va venir. Tu aurais dû voir son expression quand je lui ai dit que tu serais là! dit Stéphane en souriant.

— Bon, on y va! lance Rose en levant les yeux au ciel.

Se dirigeant d'un pas vif vers le saule et le sentier qui mène à la maisonnette de Blanche, elle franchit les flaques d'eau en quelques bonds gracieux. Stéphane essaie de la devancer. Lorsque Rose hésite devant une grosse flaque, il propose d'y étendre sa cape pour que les deux jeunes filles puissent la traverser.

— Nous n'avons pas de temps pour les galanteries, dit Rose en repoussant son offre d'un geste de la main.

Elle rassemble ses jupes et saute aisément par-dessus la flaque. Stéphane saute à son tour et atterrit de l'autre côté en éclaboussant ses bottes, ce qui les fait tous deux rire aux éclats.

Blanche sourit, mais elle ne peut pas se laisser gagner par l'humeur joyeuse de ses amis. Elle accepte la main de Stéphane et franchit la flaque à son tour. En atterrissant de l'autre côté, elle aperçoit quelque chose derrière le saule.

Elle s'accroupit et jette un regard prudent derrière l'arbre. Cinq petits lapins y sont blottis. Ils frissonnent et regardent le ciel comme s'il allait tomber sur leurs têtes duveteuses. Ils sont terrifiés et couverts de boue.

— Oh, pauvres petits lapins! s'exclame Blanche en les prenant dans sa jupe pour les essuyer avec son ourlet. Regarde-les, Rose!

Son amie est déjà à l'orée du bois, mais elle revient s'accroupir à côté d'elle. Elle caresse doucement l'une des petites bêtes pendant que Stéphane se penche par-dessus son épaule.

— Qu'est-ce qu'ils ont? demande le garçon.

— Ils ont peur, répond Blanche qui dépose quelques baisers sur la tête des lapins en murmurant des sons rassurants dans leurs longues oreilles. Est-ce que cet horrible temps t'a effrayé? demande-t-elle au plus petit lapin en plongeant son regard dans ses grands yeux.

Une biche et son faon s'avancent timidement sous les branches du saule. Ils sont échevelés et semblent bouleversés.

— Vous aussi? dit Blanche d'une voix pleine de compassion.

Soudain, on entend un bruissement dans les airs. Les lapins se recroquevillent davantage dans la jupe de Blanche. La biche, effarouchée, se tient immobile.

— Oh, le vilain tonnerre! dit Blanche en fronçant les sourcils.

Mais ce n'est pas le tonnerre qui a fait ce bruit. Ce sont trois colombes qui descendent à grands battements d'ailes peu gracieux vers les branches du saule.

— S'agirait-il des colombes que nous avons envoyées à l'École de charme? demande Rose. Peut-être qu'elles ont notre invitation!

« Enfin, une note d'espoir! » se dit Blanche. Elle dépose les lapins dans un orifice du tronc, puis lève le bras pour que les colombes s'y posent. Deux d'entre elles viennent s'y percher. La troisième atterrit sur la tête de la jeune fille. Les oiseaux chancellent d'avant en arrière d'un air étourdi.

— Eh bien, il est évident que ce temps ne vous réussit pas non plus, roucoule Blanche.

— Si elles avaient notre invitation, il est évident qu'elles ne l'ont plus, fait remarquer Rose. Bon, il ne nous reste plus qu'à aller à la fête en espérant que nous n'aurons pas d'invité indésirable!

Elle s'engage sur le sentier, suivie de Stéphane. Blanche, elle, demeure immobile. Elle tremble encore. Cette fois, ce n'est pas de nervosité, mais de rage.

— Ce sont les élèves de Grimm, dit-elle d'un ton qui ne lui ressemble pas. En détraquant le temps, elles nuisent à la distribution du courrier et font peur aux animaux! Elles n'ont pas le droit de faire ça!

Elle serre ses petits poings. Les animaux, qui ont normalement tendance à s'approcher d'elle, s'éloignent d'un air surpris.

— C'est une chose de faire des blagues, dit Blanche, les yeux pleins de larmes, mais c'en est une autre de maltraiter les animaux. C'est inacceptable!

— Ils vont bien aller, Blanche, dit Rose pour la calmer. Allons chez toi chercher la nourriture pour la fête. Tu verras, ça ira mieux.

— Non! dit Blanche d'une voix plus ferme qu'elle ne l'aurait voulu.

Rose recule, interloquée. Stéphane reste bouche bée. Blanche sait qu'elle n'agit pas comme d'habitude. Cela la surprend elle-même. Mais elle ne va pas laisser ses amis de la forêt se faire malmener plus longtemps.

— Allez-y sans moi, ordonne-t-elle à ses amis. Apportez la nourriture à la tour et assurez-vous que tout est prêt. De mon côté, je vais aller voir M. Lépistolier. Il faut que quelqu'un mette un terme à cette situation sur-le-champ.

Chapitre Dix-sept

Pestilence

Lorsqu'elle prend le thé, une princesse doit toujours lever l'auriculaire, de façon à ce qu'il soit dirigé vers le plafond quand la tasse est inclinée.

— Peuh! soupire Cendrillon.

Elle ne l'avouerait jamais à sa professeure, mais elle trouve parfois le protocole royal complètement ridicule. On s'attend à ce qu'elle mémorise la position de son petit doigt, alors qu'elle doit organiser une fête, éviter les conflits avec ses demi-sœurs et secourir son amie aux prises avec une tempête et une sorcière! C'est absurde!

Toutefois, même si elle étudiait une matière plus importante, Cendrillon sait qu'elle aurait du mal à se concentrer. Le silence maussade de Raiponce en face d'elle l'inquiète au plus haut point. Elle sait que son amie veut lui parler, lui poser des milliers de questions. Et elle en a parfaitement le droit.

Cendrillon espère que Raiponce lui pardonnera son attitude évasive quand elle verra ce que ses amis lui ont préparé. Ils l'ont fait par amitié pour elle. Mais en ce moment, Cendrillon sait que Raiponce ne voit pas les choses sous cet angle.

Son amie mordille sa plume tout en fixant son texte des yeux. Soudain, elle se lève d'un bond en renversant son fauteuil, ce qui ne manque pas de lui attirer les regards surpris et désapprobateurs des dames d'honneur à la table d'information.

— Où vas-tu? demande Cendrillon.

Elles ne sont à la bibliothèque que depuis quelques minutes, et elle est censée retenir Raiponce pendant au moins une heure!

— Je vais au petit coin des princesses! chuchote bruyamment son amie.

Cendrillon croit même la voir lever les yeux au ciel. Elle pourrait la suivre, mais cela paraîtrait louche. Elle ne veut surtout pas que Raiponce commence à poser des questions maintenant, à quelques minutes de la fête. Elle doit la laisser partir.

Au moment où elle baisse les yeux sur son texte et tente de se concentrer de nouveau sur le protocole, elle voit apparaître des chaussures qu'elle connaît bien.

— Viens avec moi! chuchote Blanche en la saisissant par le bras pour l'entraîner hors de la bibliothèque.

— Qu'est-ce qui se passe? demande Cendrillon en courant derrière son amie pour éviter d'être traînée à travers la pièce.

La jeune fille au teint pâle est étonnamment forte!

— Les animaux! dit Blanche, comme si Cendrillon était au courant. Il faut expliquer à M. Lépistolier ce que les sorcières de Grimm font aux animaux!

— Qu'est-ce que tu veux dire? demande Cendrillon en détachant la main de Blanche de sa manche bouffante.

— Les animaux sont terrifiés par ce temps incertain! Tu devrais les voir, Cendrillon. Ils frissonnent et sont désorientés. Il faut les aider, dit Blanche en plongeant son regard dans les yeux de son amie.

La seule fois où Cendrillon a vu la gentille et joyeuse Blanche aussi affolée était pendant les Jeux des jeunes filles. Ce jour-là, elle s'était cachée sous les gradins et n'osait pas bouger, de crainte d'affronter la méchante Malodora. Mais aujourd'hui, elle ne semble pas avoir peur.

— Tu as été témoin! Tu les as vues créer cette terrible tornade qui a emporté notre courrier. C'est donc toi qui devrais avertir M. Lépistolier.

Une fois devant la classe, Blanche pousse son amie à l'intérieur. Le professeur est endormi dans son fauteuil.

— Et la fête? chuchote Cendrillon.

— Plus tard, répond Blanche en prenant un bâtonnet de cire qu'elle laisse ensuite tomber sur le sol.

Réveillé en sursaut par le bruit, M. Lépistolier regarde ses deux élèves en clignant des yeux.

— Juste ciel! s'exclame-t-il. Bon après-midi! Que puis-je faire pour vous? Je somnolais simplement... Je rêvais de toutes ces épîtres... Qu'est-ce que je ne donnerais pas pour savoir ce qui est arrivé à nos missives égarées!

Cendrillon sent Blanche la pousser dans le dos.

111

— J'ai vu deux élèves de Grimm lancer des sortilèges dans les bois! déclare-t-elle brusquement.

Le professeur se frotte les yeux et tire sur sa barbiche.

— Elles avaient l'un de nos parchemins, ajoute Blanche. Les lettres perdues et le mauvais temps sont peut-être la faute des filles de Grimm. Elles font aussi du mal à d'innocents animaux! Il faut faire quelque chose! conclut-elle en s'approchant du professeur, qu'elle saisit par l'ourlet de sa courte cape en le fixant de ses yeux noirs.

M. Lépistolier secoue la tête comme s'il se réveillait une deuxième fois.

— Bon, dit-il sèchement. Bon, bon, bon.

Il se lève et sort de la pièce. Cendrillon et Blanche lui emboîtent le pas.

— Où allez-vous? demande Blanche, qui court derrière lui en tenant un coin de sa cape.

— Voir les personnes qui ont eu l'impudence de s'attaquer aux animaux de notre territoire! grommelle-t-il. Se pourrait-il que le cours de Mauvais tours de l'école Grimm ait eu lieu en même temps que mon cours de Correspondance amicale? Soyez assurées que si c'est leur vent malfaisant qui a emporté nos lettres, je vais les sommer de cesser à l'instant!

Pendant qu'ils s'éloignent rapidement de l'École des princesses, Cendrillon entend l'horloge d'un clocher sonner. Il se fait tard. La fête doit bientôt commencer. Elle espère que ce ne sera pas Raiponce qui surprendra Rose et Stéphane!

Elle s'efforce de suivre Blanche et M. Lépistolier. Plus ils approchent de l'école Grimm, plus les bois sont plongés dans l'obscurité. Les nuages semblent frôler la cime des arbres aux troncs noueux. Une multitude de racines tordues s'avancent sur le sentier pour faire trébucher les passants.

Blanche poursuit sa route sans ralentir. Cependant, lorsque M. Lépistolier atteint la barrière de pain d'épice recouverte de glaçage qui marque les limites du terrain de l'école, elle s'arrête si soudainement que Cendrillon lui heurte le dos.

— Ouf! souffle Cendrillon en reculant. Qu'est-ce qu'il y a, Blanche?

— Rien, répond Blanche d'une voix douce.

Cendrillon l'entend prendre une profonde inspiration. Elle comprend ce qui se passe. Blanche a peur. Ni le pain d'épice ni les bonbons ne peuvent la convaincre de franchir les grilles de l'école Grimm. Sa belle-mère, la méchante Malodora, est la directrice de l'établissement. Blanche a tenu tête à Malodora lors des Jeux des jeunes filles, mais ce n'est pas la même chose que d'affronter sa belle-mère sur son propre territoire.

M. Lépistolier est déjà à mi-chemin des portes du château. Cendrillon voudrait bien le rejoindre. Elle ne se sent pas très brave à l'idée de rester dans la forêt des sorcières en l'absence de son professeur.

Elle ouvre la bouche pour rappeler à Blanche qu'elles sont ici pour ses amis les animaux. Mais ce n'est pas nécessaire. Blanche expire lentement, redresse les épaules

113

et franchit la grille.

Un instant plus tard, ils sont tous les trois devant les énormes portes du château. Elles sont encore plus imposantes que celles de l'École des princesses. Le heurtoir est placé si haut que même M. Lépistolier a du mal à l'atteindre. Il se met sur la pointe des pieds et saisit l'anneau terni qui pend de la gueule d'une gargouille grimaçante. La gargouille semble avoir un mouvement de recul au contact de la main gantée de blanc.

M. Lépistolier laisse retomber l'anneau. Le bruit métallique se répercute à l'intérieur. Cendrillon voudrait s'enfuir, mais ses pieds refusent de bouger. Même M. Lépistolier semble nerveux.

Les portes s'ouvrent, laissant échapper un nuage d'air chaud et confiné. Cendrillon a l'impression que l'école vient de leur éructer en pleine figure. Quelle odeur infecte!

— Ça empeste ici! chuchote leur professeur. Couvrez-vous le nez. Ne laissez pas la pestilence des sorcières envahir vos narines délicates.

Il sort quelques mouchoirs de dentelle et en remet un à chaque jeune fille. Cendrillon s'en recouvre le visage avec reconnaissance avant d'entrer dans le château. Quoique son mouchoir sente la vanille, il ne peut masquer la fétide odeur de soufre et d'humidité qui règne dans le hall désert.

Les deux jeunes filles doivent hâter le pas pour suivre M. Lépistolier. Le visage couvert d'un mouchoir, lui

114

aussi, il avance rapidement le long du couloir, jetant des coups d'œil à gauche et à droite dans des locaux remplis de textes poussiéreux et de bouteilles de potions nauséabondes. Blanche glisse sur le sol visqueux et Cendrillon la rattrape par le bras.

— Merci, dit Blanche d'une voix étouffée sous son mouchoir.

Cendrillon hoche la tête sans dire un mot. Elle s'agrippe à Blanche autant pour elle-même que pour soutenir son amie. Les couloirs déserts lui donnent la chair de poule.

Soudain, elle voit une forme se diriger en boitant vers eux. C'est une sorcière courbée, coiffée d'un chapeau chiffonné et munie d'une canne tordue. Elle les dévisage d'un seul œil, l'autre étant complètement fermé.

— Qu'est-ce que vous voulez? demande-t-elle d'un ton hargneux.

— J'aimerais solliciter une audience avec une personne en position d'autorité, répond M. Lépistolier d'un ton cérémonieux.

Il commence à s'incliner, puis se ravise, réticent à l'idée d'exposer son crâne dégarni devant une sorcière armée d'un bâton.

— Ha! ricane la sorcière en montrant ses dents cassées et jaunies.

Soudain, elle s'étouffe et son rire se transforme en toux sèche. Pliée en deux, elle désigne de son bâton une porte mal fixée sur ses gonds. Un panonceau grossier porte ces mots : JÉZABEL JÉRÉMIADE.

M. Lépistolier se tourne et fait signe à ses élèves de l'accompagner. Derrière eux, la toux de la sorcière résonne toujours dans le couloir humide.

Couvrant la poignée d'un mouchoir, le professeur ouvre la porte et entre dans la pièce. Une vieille sorcière aux cheveux gris est assise derrière un énorme bureau. M. Lépistolier s'éclaircit la gorge, mais elle ne lève pas les yeux. Elle continue de fixer une boule de cristal rutilante. Ses longs doigts argentés se déplacent au-dessus de la surface brillante, sans jamais la toucher.

Si Cendrillon avait peur il y a quelques instants, elle est maintenant carrément pétrifiée. Elle serre le bras de Blanche. Son amie ne tremble même pas.

M. Lépistolier bombe le torse et commence à parler.

— Si vous voulez bien excuser notre intrusion, madame Jérémiade, je…

— Silence! l'interrompt la sorcière en levant les yeux pour toiser les trois personnages royaux d'un air dégoûté. Votre discours mielleux me donne mal aux dents. De plus, je sais pourquoi vous êtes ici. Et vous faites erreur.

Cendrillon regarde Blanche. Son amie ne semble pas aussi surprise qu'elle. Il est vrai que la belle-mère de Blanche est une sorcière puissante qui peut tout savoir grâce à son miroir magique. Cette sorcière fait sûrement la même chose avec sa boule de cristal.

Jézabel Jérémiade se lève et s'approche du professeur. Elle lui prend la main qui tient le mouchoir, laissant son nez et sa bouche sans protection.

— Nous serions fières si nos élèves étaient capables

116

de jeter des sortilèges aussi puissants! siffle-t-elle. Mais en fait, elles se sont bornées à perturber légèrement vos stupides échanges épistolaires – avec notre autorisation, bien sûr. Toute sorcière qui se respecte doit commettre quelques méfaits, après tout!

Quand M. Lépistolier commence à balbutier, Jézabel pose sa jointure noueuse sur ses lèvres.

— Cher monsieur, dit-elle d'un ton moqueur, les sortilèges dont vous parlez sont au-dessus des capacités des élèves de Grimm.

Elle ricane et se tourne vers Blanche et Cendrillon, qui sont blotties l'une contre l'autre à côté de leur professeur.

— Les sortilèges en question ne peuvent avoir été créés que par une sorcière exceptionnellement puissante, une sorcière qui craint de perdre ce qui est le plus précieux à ses yeux, dit-elle doucement.

Cendrillon sent le regard de Jézabel la transpercer. Elle est parcourue d'un frisson.

— Cette sorcière est prête à poser des gestes radicaux, ajoute-t-elle avec un sourire sinistre.

Cendrillon ne sait pas qui des deux a entraîné l'autre, mais l'instant d'après, Blanche et elle sont en train de courir dans le couloir visqueux. Elles sortent de l'école, franchissent la barrière en pain d'épice et s'élancent sur le sentier qui mène à la tour de Raiponce.

Chapitre Dix-huit
Surprise!

En arrivant à la tour, Rose est hors d'haleine. Elle s'arrête dans la petite clairière et se penche, les mains sur les genoux. Haleter n'est pas bien vu pour une princesse, mais pas plus que de pousser une brouette remplie de tartes et de biscuits le long d'un sentier forestier!

Stéphane s'immobilise à côté d'elle.

— Est-ce que je peux en manger un, maintenant? demande-t-il en regardant les biscuits dans la brouette.

— Non, souffle Rose en dissimulant la brouette derrière un buisson, au cas où Raiponce arriverait plus tôt. Nous devons d'abord les monter en haut de la tour.

Elle désigne la fenêtre ouverte de la chambre de Raiponce, à une dizaine de mètres au-dessus d'eux. La première fois qu'elle est venue ici, la tour était baignée d'une telle lumière qu'elle pouvait à peine la regarder. Cette fois, le ciel est couvert. D'épais nuages menaçants tourbillonnent au-dessus du toit pointu, bloquant toute lumière, à l'exception d'une lueur gris verdâtre annonciatrice

118

de tempête.

Bien qu'elle ait encore chaud après s'être hâtée sur le sentier, Rose frissonne. La tour a l'air sinistre. Mais quelque chose d'autre l'inquiète. Elle ressent une drôle de sensation qu'elle n'arrive pas à identifier au creux de son estomac.

— Il faut qu'on monte tout ça là-haut? demande Stéphane en pointant la fenêtre du doigt. Pourquoi ne faisons-nous pas la fête ici?

Il n'a pas l'air dans son assiette.

— Ne t'en fais pas, je vais t'aider à monter, dit Rose en s'approchant de la tour et en plaçant son pied sur la première prise. Ensuite, nous fabriquerons une espèce de poulie pour monter le reste.

Stéphane commence à secouer la tête quand un fracas dans les buissons les fait sursauter. Rose cherche un endroit où se cacher, mais il est trop tard. Deux silhouettes couvertes de brindilles sortent des bois en trébuchant. Ce sont Blanche et Cendrillon, les joues roses et le souffle court, comme Rose quelques minutes auparavant.

— Est-ce qu'elle est avec vous? souffle Cendrillon.

— Qui, Raiponce? demande Stéphane.

— Je croyais qu'elle était avec toi! s'exclame Rose, dont le sentiment de malaise vire à la panique.

Soudain, une tresse acajou descend de la fenêtre de la tour et s'arrête en se balançant à la hauteur de Rose.

— Allez-vous rester plantés là toute la journée?

La voix de Raiponce est douce à l'oreille de Rose.

— Elle a dû arriver avant nous, dit Stéphane en se grattant la tête d'un air déçu.

La tresse remue.

— Allez, grimpez! Les autres sont déjà ici! La fête va commencer!

— Tant pis pour la surprise! dit Cendrillon en haussant les épaules avant de se mettre à grimper.

— Au moins, nous sommes tous ensemble, dit Blanche, déterminée à prendre les choses du bon côté.

Elle s'avance et saisit la tresse. Une fois Blanche hissée à environ trois mètres, Rose pousse Stéphane vers la natte.

— Je serai juste derrière toi, dit-elle pour le rassurer, bien qu'elle ne se sente pas très brave elle-même.

Elle sait qu'elle peut grimper sans problème. Mais elle éprouve toujours cette étrange sensation dans le ventre...

Elle aide Stéphane à placer ses pieds et enroule la tresse autour de sa taille pour le retenir en cas de chute.

— Je ne comprends pas pourquoi nous ne pouvons pas faire la fête en bas, dit-il d'une voix tremblante.

— Parce que ce n'est pas toi qu'on fête! rétorque Rose. Allez, grimpe!

Elle essaie de se concentrer sur la prochaine prise, mais une voix ne cesse de retentir dans sa tête.

« Comment a-t-elle pu arriver avant nous? Si elle était au courant pour la fête, pourquoi n'a-t-elle rien dit à l'école? Ce n'est pas le genre de Raiponce d'être cachottière... »

Au-dessus d'eux, Blanche et Cendrillon sont parvenues à la fenêtre et entrent dans la pièce. Rose croit entendre une exclamation de surprise. Tout à coup, Stéphane commence à glisser. Son pied heurte la tête de Rose.

— Sers-toi de la tresse, dit-elle en serrant les dents.

Pour un prince charmant, Stéphane est un bien mauvais grimpeur. Saisissant la botte de suède du garçon, elle le pousse avec force jusqu'à la fenêtre ouverte. Elle le rejoint et enjambe le rebord avec aisance.

Le spectacle qui l'attend lui coupe le souffle. Debout à côté de la fenêtre se trouve une femme à l'allure sévère et au nez pointu, vêtue d'une cape de sorcière. Appuyée au montant du lit où est attachée la corde qui leur a permis de monter, elle lance des regards noirs aux jeunes gens rassemblés dans la minuscule pièce. Derrière elle, trois princes terrifiés sont ligotés sur le lit.

C'était un piège! Il s'agit sûrement de Mme Gothel!

L'expression féroce de la sorcière se transforme en sinistre sourire.

— Eh bien, si ce ne sont pas mes amis! dit-elle en imitant la voix de Raiponce à la perfection.

Elle renverse la tête en arrière avec un ricanement démoniaque. Au même moment, un coup de tonnerre retentissant éclate dans le ciel sombre.

Chapitre Dix-neuf
La fête

Raiponce donne des coups de pied dans la poussière et avance d'un pas traînant sur le sentier. Un peu plus tôt, lorsqu'elle est allée au petit coin des princesses, elle espérait que Cendrillon la suivrait et qu'elles pourraient enfin parler. Au lieu de cela, quand elle est revenue dans la bibliothèque, Cendrillon était partie. Raiponce s'est retrouvée seule, abandonnée une fois de plus...

Pourtant, cela ne ressemble pas à Cendrillon de disparaître ainsi, en laissant tous ses parchemins et ses textes sur la table. Le comportement de Cendrillon, de Blanche et de Rose ne peut avoir qu'une explication : elles ne sont pas vraiment ses amies.

Raiponce se dit avec tristesse que Mme Gothel avait raison. Elle espère que la vieille sorcière ne prendra pas plaisir à le lui rappeler. En ce moment, tout ce qu'elle souhaite, c'est se retrouver dans sa chambre, sous le drap rugueux de son lit de paille bosselé. Elle veut seulement que cette horrible journée finisse.

Arrivée à la tour, elle grimpe jusqu'à la fenêtre en s'aidant des deux mains. Les grondements de tonnerre et les nuages noirs qui flottent au-dessus de sa tête s'harmonisent parfaitement avec son humeur sombre.

— Vas-y! Inonde tout! lance-t-elle en jetant un regard mauvais vers le ciel. Ça ne me dérange pas de ne jamais retourner à l'École des princesses!

Ses joues sont mouillées. Ce ne sont pas des larmes.

— Je ne pleurerais jamais pour cette bande de princesses bichonnées! marmonne-t-elle en essuyant les gouttes avec son épaule.

Mais elle a le cœur gros en prononçant ces mots. Avec une dernière poussée, elle se hisse par-dessus le rebord de la fenêtre, puis s'arrête net.

— Surprise! dit Blanche d'une voix douce en ouvrant de grands yeux.

Derrière elle, Raiponce aperçoit Rose et Cendrillon qui lui sourient d'un air contrit, ainsi que Stéphane qui semble mort de frousse.

— Eh oui, surprise! dit Mme Gothel.

Elle pivote pour faire face à Raiponce. Elle la toise, les poings sur les hanches et la bouche grimaçante.

Raiponce a déjà vu la sorcière en colère. Ce n'est pas un spectacle surprenant. Mais qu'est-ce que ses amis font ici? Et qui sont ces trois princes attachés sur le lit? Peu à peu, elle commence à entrevoir la vérité.

— Vous m'avez préparé une fête? demande-t-elle.

— Oui, répond Rose. Une fête d'anniversaire.

— Pour remplacer toutes celles que tu n'as pas eues,

123

ajoute Stéphane.

— Nous voulions te faire une surprise, dit Cendrillon.
C'est pour ça que...

Elle s'interrompt en voyant Mme Gothel se tourner
vers elle en levant les bras.

— Chauves-souris et souris pourries! crache la sorcière
avec un regard furieux. C'est moi qui vous ai surpris!

Sa voix se casse. Ses mains tremblent et un coup de
tonnerre ébranle la tour. Raiponce se presse contre le
mur de pierre. Même si ce n'est pas la première fois
qu'elle voit Mme Gothel en colère, elle ne l'a jamais vue
si déchaînée.

— Tu peux dire adieu à tes amis! hurle la sorcière,
comme si le mot « amis » lui brûlait la langue. Dans
quelques instants, ils deviendront aveugles et ta fenêtre
sera scellée à jamais!

La sorcière lève les bras pour lancer son sortilège.

Sur le lit, les trois princes luttent pour se défaire
de leurs liens. Raiponce les reconnaît. Elle les a vus au
bal du couronnement. Olivier Églefin a une expression
déterminée. Antoine Ambregris semble fâché. Et le pauvre
Hugo Charmant est là, lui aussi, le front appuyé sur les
genoux.

Sidérée, Raiponce ne fait rien pour arrêter la sorcière.
Elle est trop abasourdie pour réagir.

— Non! crie Blanche.

— Vous ne pouvez pas faire ça! s'exclame Cendrillon.

Rose prend Stéphane par le bras et l'entraîne, avec
Blanche et Cendrillon, pour bloquer la seule issue de la

124

pièce. Les princes se débattent sur le lit. En voyant le courage de ses amis, Raiponce réussit à faire un pas en avant, puis un autre.

— Vous ne pouvez pas m'enfermer éternellement, dit-elle d'une voix douce.

— Tu ne peux pas me quitter, dit Mme Gothel d'une voix étouffée.

Elle a toujours les mains étendues devant elle, mais au lieu de s'apprêter à jeter un sort, elle semble plutôt sur le point de tordre le cou de Raiponce.

— Tu ne peux pas me quitter, répète-t-elle.

— Je vous quitte chaque jour depuis des années, rétorque Raiponce.

La sorcière lui lance un regard courroucé, mais Raiponce croit reconnaître la lueur dans ses yeux. Elle y lit une certaine tristesse, comme celle qu'elle a ressentie sur le sentier aujourd'hui.

— Mais je reviens toujours, ajoute-t-elle d'une voix plus douce.

La pièce est soudain plongée dans le silence. On n'entend que le crépitement de la pluie à l'extérieur. Mme Gothel laisse lentement retomber ses mains. Raiponce entend ses amis reprendre prudemment leur souffle. Personne ne sait ce qui va se passer.

— Tu reviens toujours, répète Mme Gothel en baissant les yeux vers le sol. Lèvres de lézard! jure-t-elle.

Elle frappe le sol de son pied chaussé d'une étroite bottine noire, faisant sursauter les jeunes gens.

— Je suppose que tu as raison, reprend-elle.

Raiponce hausse les sourcils et tente un petit sourire hésitant. La vieille sorcière a l'air vaguement déçue de ne plus avoir de raison de se fâcher.

— Mais bien sûr que je reviens. Comment pourrais-je abandonner tout cela? dit Raiponce en désignant la pièce bondée d'un mouvement circulaire.

Mme Gothel est sur le point de céder. Raiponce fait un clin d'œil à ses amis. Tout va bien aller! Quoique Blanche se mordille les lèvres, elle réussit à lui rendre son sourire. Cendrillon, Stéphane et Rose semblent encore nerveux. Antoine et Olivier ont cessé de se débattre, et Hugo a toujours le visage enfoui entre ses genoux et pleurniche doucement.

Mme Gothel paraît réfléchir à ce que Raiponce lui a dit. Son visage parcheminé a perdu son expression de cruauté. Ses épaules s'affaissent. Elle ne sait pas comment réagir.

Raiponce a retrouvé toute sa confiance en elle. Elle donne un petit coup affectueux sur le bras de la sorcière.

— Vous savez bien que je n'ai nulle part où aller, dit-elle. Et puis, je suis plutôt bien, ici.

Chapitre Vingt
Éclaircie

Mme Gothel semble figée dans une espèce de stupeur. Pendant un long moment, elle ne dit rien et reste immobile. Dehors, la pluie a cessé. Les jeunes gens écoutent l'eau qui dégoutte des arbres. Ils observent les nuages, qui se dissipent rapidement, révélant un ciel d'un bleu profond, nimbé d'une lueur orange par le soleil couchant.

— Hé! Je croyais que c'était une fête! lance Raiponce, brisant le silence.

Elle s'avance pour détacher les trois princes captifs. Hugo s'essuie le visage et lève les yeux d'un air penaud, peu habitué à se faire libérer par une demoiselle.

— La nourriture! s'exclame Blanche en se penchant à la fenêtre. J'espère qu'elle n'a pas été gâchée par la pluie!

La brouette remplie de tartes et de biscuits est toujours à l'endroit où Rose l'a laissée.

— Nous devrions peut-être faire la fête en bas? propose Stéphane avec espoir. C'est que... Ce sera très difficile de remonter toute cette nourriture.

— Je m'en occupe, grogne Mme Gothel, qui sort enfin de sa stupeur.

Hugo Charmant recule vers le lit quand il la voit s'approcher de la fenêtre. Elle laisse tomber la corde tressée. En quelques mouvements du poignet, elle enroule la corde comme un tentacule autour de la brouette, qu'elle soulève jusqu'à la fenêtre.

— Oh! Tout est mouillé! s'exclame Blanche, les mains sur les joues, en examinant ses pâtisseries.

Mme Gothel agite les mains en grommelant quelque chose qui ressemble à « chrysalide humide ». Tout de suite, les biscuits redeviennent croustillants et les tartes feuilletées.

— Merci! s'écrie Blanche en la serrant impulsivement dans ses bras.

La sorcière fait la grimace, mais Raiponce note qu'elle ne fait rien pour se dégager.

Une fois la brouette vidée de son contenu, tout le monde se rassemble autour de la nourriture. Cendrillon sort un bout de chandelle de sa poche et l'enfonce au centre de la plus grosse tarte, qu'elle dépose devant Raiponce.

La chandelle s'allume comme par enchantement et tout le monde se met à chanter... à l'exception de Mme Gothel, occupée à souffler sur son index.

— Fais un vœu, dit Rose en souriant.

Raiponce ferme les yeux et souffle la chandelle. Lorsqu'elle les ouvre de nouveau, elle regarde ses amis et sa méchante mère adoptive. Elle ne se rappelle pas avoir jamais été aussi heureuse.

— Alors, qu'est-ce que tu as souhaité? lui demande Blanche.

— Je ne dois pas le dire! réplique Raiponce en souriant.

Les invités se détendent peu à peu et dégustent la nourriture. Tout est délicieux. Mme Gothel goûte même à la tarte aux pommes.

— C'est ma tarte préférée, lui dit gentiment Blanche.

— Hum! fait Mme Gothel, la bouche pleine. Je préfère le ragoût d'ailes de chauves-souris, dit-elle en enfournant une autre bouchée de tarte.

Les princes se pressent autour de Rose. Hugo lui apporte une assiette. Antoine s'agenouille à ses côtés pour tenir son verre d'eau. Quant à Olivier, il la contemple avec des yeux émerveillés.

Raiponce observe Rose, qui tente de les éloigner comme des moucherons. Elle est complètement encerclée.

— Alors, vous prépariez ça depuis un bon moment? demande Raiponce à Stéphane, qui a un biscuit dans chaque main.

— Mmmoui! fait-il, la bouche pleine.

Tout à coup, Raiponce se sent ridicule. Pourquoi Rose essaierait-elle de lui enlever son ami? Elle est entourée d'une foule de princes qui sont aux petits soins pour elle!

Cendrillon s'assoit à côté de Raiponce sur le lit. Elle désigne discrètement Mme Gothel, qui savoure toujours sa pointe de tarte aux pommes.

— Je n'arrive pas à croire qu'elle était fâchée contre toi au point de causer toutes ces tempêtes, chuchote-t-elle.

— Quoi? demande Raiponce.

— Quoi? gronde Mme Gothel en se tournant vers les deux jeunes filles.

— Je ne pensais pas que vous pouviez m'entendre, balbutie Cendrillon. Je veux dire, c'est seulement que Jézabel Jérémiade a dit... Euh, je ne faisais que répéter...

— Allez, vide ton sac! dit la sorcière d'un air sévère en s'approchant de la pauvre Cendrillon.

— Elle a dit que cet horrible mauvais temps était causé par une puissante sorcière qui risquait de perdre quelque chose de précieux, s'empresse de répondre Cendrillon.

— Ah! Elle a dit ça, hein? grogne Mme Gothel avec une espèce de sourire. Eh bien, vermine verruqueuse! Jézabel était elle-même une sorcière plutôt puissante avant de se retrouver derrière un bureau.

Mme Gothel se redresse en lissant la mèche blanche de sa chevelure.

— C'est vous qui avez fait ça? demande Raiponce. C'était à cause de moi, toutes ces tempêtes?

— Vous devriez avoir honte, la réprimande Blanche en se souvenant que Mme Gothel est responsable de la plupart des dégâts de la semaine précédente. Vous avez mélangé notre correspondance et bouleversé de pauvres animaux. Ils auraient pu être blessés!

Mme Gothel se tourne vers elle. Blanche fait un pas en arrière et continue, d'une voix un peu plus faible :

— Enfin, avouez que ce n'était pas très gentil...

— J'ai mélangé le courrier? Et effrayé les animaux? lance la sorcière en éclatant de rire. Je suis désolée. Je devais être plus fâchée que je ne le croyais.

Toutefois, elle ne semble pas vraiment désolée. Raiponce trouve même qu'elle a l'air plutôt fière.

« Et tout ça pour moi », s'étonne la jeune fille.

Elle regarde Mme Gothel avec une certaine fierté. La vieille sorcière a encore plus d'un tour dans son sac.

La fête se poursuit jusqu'à ce que la lune se lève.

— Je devrais rentrer, dit Cendrillon en se levant à contrecœur. Il doit être près de minuit!

Blanche et Stéphane partent peu de temps après.

— Bon anniversaire! lance Stéphane en atteignant le sol sans encombre.

— À bientôt! crie Blanche avant d'entrer en gambadant dans les bois.

Rose se dégage avec peine du groupe de princes pour venir serrer Raiponce dans ses bras.

— Nous ferons une autre fête l'an prochain. On se revoit à l'école? demande-t-elle en souriant.

Raiponce jette un coup d'œil à Mme Gothel pour voir si elle a entendu. La sorcière est occupée à remettre de l'ordre dans la pièce. En entendant le mot « école », elle se met à heurter les objets bruyamment les uns contre les autres.

— Je l'espère bien, dit doucement Raiponce.

Les choses se sont bien passées, mais l'humeur de Mme Gothel est imprévisible… comme le temps!

Rose hoche la tête d'un air compréhensif et se dirige vers la fenêtre.

Les princes se précipitent pour lui prêter assistance.

— Laisse-moi t'aider!

— Non, moi!

— Monte sur mon dos! Je vais te faire descendre!

Rose fait un clin d'œil à Raiponce.

— Reculez, les garçons! dit-elle. Je peux y arriver toute seule.

Elle franchit gracieusement la fenêtre et disparaît avec un dernier geste de la main.

— Est-ce que je peux te raccompagner chez toi, Belle?

— Non, moi!

Les princes se lancent à sa suite, rivalisant pour obtenir son attention.

Raiponce les regarde s'éloigner en souriant. Pauvre Rose! Pourvu qu'elle parvienne à les semer dans la forêt. Sinon, ils passeront probablement le reste de la nuit à chanter une sérénade sous ses fenêtres!

Elle ramasse les dernières assiettes vides et les dépose sur celles que Mme Gothel a déjà empilées. Ni l'une ni l'autre ne dit mot, mais cette fois, le silence ne leur pèse pas et elles n'éprouvent aucune gêne.

— Miam! fait Raiponce en léchant un peu de confiture de baies sur son pouce.

— Tu aimes ça? demande Mme Gothel en fronçant ses sourcils en broussaille. C'est trop sucré pour moi. Mais je pourrais peut-être t'en préparer de temps en temps.

— Merci, dit la jeune fille d'un ton reconnaissant.

Ce serait agréable de manger autre chose que des champignons vénéneux, des œufs et des légumes amers. Une autre question demeure toutefois en suspens.

— Heu, en ce qui concerne l'École des princesses... commence-t-elle.

— Oh, larmes de crapauds! jure Mme Gothel d'un ton résigné en fermant les poings. D'accord, du moment que tu ne les laisses pas te donner des airs de princesse! conclut-elle en faisant la moue.

— Pour ça, il n'y a pas de danger! s'exclame Raiponce en riant. Vous n'avez pas entendu la rumeur? Ma mère adoptive est une puissante sorcière!

Elle regarde Mme Gothel droit dans les yeux et lui sourit. Son vœu d'anniversaire vient de se réaliser.

L'École des princesses

Belle sort ses griffes

Jane B. Mason et Sarah Hines Stephens

Rose en a plein le dos. Tout le monde
la croit parfaite : ses parents qui l'adorent,
ses fées qui ne la quittent pas d'une semelle...
À l'école, ses enseignants la trouvent
irréprochable et ses camarades ne cessent
de l'imiter. Elles vont même jusqu'à l'appeler
« Belle »! Seules Cendrillon, Raiponce
et Blanche l'aiment pour ce qu'elle est vraiment.
Rose en a assez. Elle est bien décidée
à montrer à tout le monde sa vraie personnalité.
Ira-t-elle trop loin?